KB267848

R U N N E R
런너

FUSION FANTASTIC STORY
임영기 장편 소설

런너 4

임영기 장편 소설

초판 1쇄 찍은 날 § 2012년 4월 20일
초판 1쇄 펴낸 날 § 2012년 4월 27일

지은이 § 임영기
펴낸이 § 서경석

편집부장 § 권태완
편집 § 주소영
디자인 § 이혜정

펴낸곳 § 도서출판 청어람
등록번호 § 제1081-1-89호
등록일자 § 1999. 5. 31
어람번호 § 제1-1369호

주소 § 경기도 부천시 원미구 심곡2동 163-2 서경B/D 3F (우) 420－822
전화 § 032-656-4452 팩스 § 032-656-4453
http://www.chungeoram.com
E-mail § chungeoram@chungeoram.com

ⓒ 임영기, 2012

ISBN 978-89-251-2844-3 04810
ISBN 978-89-251-2789-7 (세트)

4

다물(多勿)

시공을 달리는 자

RUNNER

FUSION FANTASTIC STORY

임영기 장편 소설

런너

도서출판 청어람

CONTENTS

제32장

사형수

RUNNER
런너

　연달아는 자색별 감마에게 가르쳐 준 내용, 즉 북두칠성을 이용해서 워프의 좌표를 정하는 방법을 조금 전까지만 해도 전혀 모르고 있었다.

　그러나 방법이 필요한 순간에 광런너 보장태왕이 그에게 전해준 지식이 제때에 적절하게 발휘되었다.

　지금 연달아는 밤하늘을 달리고 있다. 그의 발아래에서는 수많은 별들이 더없이 찬란하게 빛나고 있었다.

　그는 두 발을 규칙적으로 움직여서 마치 평지를 달리고 있는 것 같은 광경이다.

그가 달리고 있는 곳은 우주가 아니다. 천지인삼재(天地人三才)를 아우르는 '워프경계'라고 하는 곳이다.

지금 그는 런너(Runner)다. 시공을 초월하여 빛보다 백 배나 더 빠른 속도로 달리고 있는 진정한 런너다.

빛(光)은 시간을 만든다. 그리고 시간은 언제나 과거에서 미래로만 흐른다. 과학자들은 그것을 '시간의 화살'이라고 정의한다.

'시간의 화살'에는 세 가지가 있다. 첫째로는, 무질서가 증가하는 시간의 방향인 '열역학적 시간의 화살(Thermodynamic arrow of time)'. 둘째, 미래가 아닌 과거를 기억하는 시간의 방향인 '심리학적 시간의 화살(Psychological arrow of time)', 그리고 셋째로 우주가 수축이 아닌 팽창을 하는 시간의 방향인 '우주론적 시간의 화살(Cosmological arrow of time)'이 그것이다.

우주를 비롯한 모든 사물, 그리고 인간에게 적용되는 것은 시간이 언제나 과거에서 미래로만 흐르는 '열역학적 시간의 화살'이다.

'시간의 화살'은 질서에서 무질서로 날아가는 것이 불변의 법칙이다.

질서 있게 정리되어 있던 것들도 시간이 지나면 무질서해지게 마련이다.

시간은 모든 것들을 무질서하게 만든다. 그것이 시간의 목적이다. 우주 전체가 완전히 무질서해지면 비로소 시간은 정지할 것이다.

새로 산 물건이나 훌륭한 건축물이 시간이 지나면 망가지거나 폐허가 되는 이치이다. 완전히 망가지고 폐허가 되면 그곳에는 시간이 멈춘다.

예를 들어 탁자 위에 똑바로 놓여 있는 컵은 질서다. 그러나 그것이 어떤 운동에 의해서 바닥으로 떨어져서 산산이 깨지면 무질서가 된다.

'시간의 화살'은 탁자 위에 놓인 컵이 바닥으로 떨어져서 깨지도록 흐른다.

하지만 이미 깨져 버린 무질서한 컵의 조각들이 다시 뭉쳐져서 컵의 형태를 이루어 탁자 위로 올라가 똑바로 놓일 수는 없다.

이렇게 과거에서 미래로만 흐르는 시간을 실시간(實時間)이라고 한다.

그것을 또한 무질서도(無秩序道), 혹은 엔트로피(Entropy)라고도 한다.

엔트로피는 1850년 독일의 물리학자인 루돌프 클라우지우스가 처음으로 제안했다.

실시간의 반대로 허시간(虛時間)이라는 것이 있는데 그 안에서는 공간과 시간의 구애를 일체 받지 않는다.

어디든지 마음먹은 대로 갈 수가 있고 또 시간을 거슬러 돌아가거나 앞당겨서 갈 수도 있다. 이것이 바로 '심리학적 시간의 화살' 이다.

허시간에서는 바닥에 떨어져서 깨진 컵을 다시 탁자 위로 되돌려 놓을 수도 있다.

그것은 마치 컵이 떨어져서 깨지는 장면을 비디오로 찍었다가 필름을 되돌려서 보는 것과 같은 것이다. 현실에서는 불가능하지만 비디오로는 가능하다.

그러나 허시간은 인간 세계에는 존재하지 않는다. 존재할 수가 없다.

그래서 오로지 과거의 기억 속에서만 존재한다. 탁자 위에 컵이 놓여 있었다는 사실을 기억만 하고 있을 뿐이지 원래대로 되돌려 놓을 수 없다. 그렇기 때문에 '심리학적 시간의 화살' 인 것이다.

그렇지만 만약 허시간을 실제로 사용하려고 한다면 반드시 두 가지가 필요하다.

첫째, 시간을 만드는 것이 빛이므로 빛보다 빠르게 움직일 수 있어야만 한다.

일정한 속도로 과거에서 미래로 흐르는 '시간의 화살' 을 만들고 있는 빛보다 빠르게 '기억' 으로 되돌아가면 과거가 되고, 빛보다 빠른 속도로 앞질러서 무질서가 벌어지기 전의 상황으로 가면 미래가 된다.

둘째, 한 번 일어난 일은 반드시 반대 현상이 일어난다는 우주의 법칙을 끌어와서 적용시켜야만 한다.

지금 연달아는 빛보다 빠르게 달리고 있다. 그리고 '시간의 화살'이 과거에서 현재로 한 번 흘렀다는 사실을 갖고 그것을 반대 현상으로 만들어서 '시간의 화살'이 거꾸로, 즉 과거로 흐르게 만들었다.

그러나 그 상태에서 빛보다 더 빠르게 이동할 수 없다면 절대 과거로 갈 수가 없다.

빛의 속도는 진공에서 정확하게 초속 299,792,458m다. 이 속도로 지구에서 달까지 가는데 1.4초, 태양까지는 8분 19초가 걸린다.

얼마 전에 천문학자들은 GRB090423이라는 이름의 새로운 별을 발견했다.

그런데 그 별은 지구로부터 130억 광년 떨어진 곳에 위치해 있었다.

그것은 곧 그 별이 130억 년 전에 폭발했는데 폭발 당시의 빛이 지구까지 도달하는 데 걸린 시간이 130억 광년이고 그것을 이제야 발견했다는 뜻이다. 그렇듯이 모든 시간의 척도는 빛인 것이다.

현재 연달아가 달리는 모습은 지상에서 편안하게 달리는 정도의 모습이지만 실제로는 빛보다 백 배 이상 빠르다.

그것이 가능할 수 있는 이유는 허시간 안에서 '심리학적 시간의 화살'의 좌표를 따라서 '워프경계'를 이동하고 있기 때문이다.

그때 연달아는 달리고 있는 앞쪽에 북두칠성과 북극성이 아래쪽에 펼쳐져 있는 것을 발견했다.

그곳이 바로 자색별 감마가 만들어놓았을 것으로 짐작하고 있는 좌표다.

감마가 '심리학적 시간의 화살'의 북두칠성의 위치를 자신의 기억 속으로 끌어 놓아두지 않았다면 연달아는 엉뚱한 공간과 시간으로 떨어지게 될 것이다.

원래 런녀는 시공을 초월하기 위해서 스스로 과거나 미래에 '심리학적 시간의 화살'을 이용하여 좌표를 만들지만, 연달아에게는 아직 그럴 만한 능력이 없기 때문에 감마가 좌표를 만들어주어야만 했다.

둥둥둥둥둥.

묵직한 북소리가 점점 크게 고조되고 있다.

한강변의 모래사장인 새남터에서 울리는 북소리다. 이곳에서는 처형이 있는 날에만 북소리가 울린다. 그로 미루어 오늘은 누군가 죄인이 처형되는 듯하다.

웃통을 벗어젖힌 털복숭이 건장한 체구의 망나니가 시퍼렇게 날이 선 큰 칼을 오른손에 쥐고 북소리에 맞춰서 덩실덩실 춤을 추고 있다.

망나니는 사형수의 목을 베는 자를 가리킨다. 그는 춤추기를 잠시 멈추고 근처 술항아리에서 표주박에 막걸리가 넘치도록 퍼서 벌컥벌컥 마셨다.

"푸우—"

그리고 한 모금을 남겼다가 번뜩이는 시퍼런 칼날에 힘껏 뿜었다.

막걸리가 칼날에 부딪혔다가 퉁겨 허공에 퍼지면서 쨍쨍 내리쬐는 눈부신 햇빛 아래에 긴 무지개를 만들었다.

망나니가 사형수의 목을 칠 칼날에 막걸리를 뿜는 이유는 무지개를 만들어내기 위해서라는 말이 있다.

처형당해 목이 잘려서 죽은 자의 불쌍한 영혼이 무지개다리를 건너서 제대로 저승으로 갈 수 있도록 인도하려는 것이라고 한다.

망나니는 다시 한 바가지의 막걸리를 가득 퍼서 약간 높게 둔덕을 만든 모래사장에 무릎을 꿇은 채 온몸이 밧줄에 묶여 있는 사형수에게 다가가 표주박을 입에 갖다 댔다.

마시라는 뜻이다. 막걸리가 사형수의 턱을 타고 옷을 적시며 아래로 흘러내렸다.

망나니도 막걸리를 마시고 사형수도 마시게 하는 것은 둘 다 제정신으로는 못할 짓이기 때문이다.

죽이는 자나 죽는 자나 어찌 제정신을 갖고 그 일을 할 수 있겠는가.

그러나 사형수는 망나니를 힐끗 쳐다보더니 외면을 했다. 마시지 않겠다는 것이다.

사형수는 치렁치렁 긴 머리카락이 어깨를 덮고 코밑과 턱에 까칠하게 수염이 자랐으며 다 찢어진 피투성이 옷을 입은 스물다섯 살 정도의 새파란 청년이었다.

하지만 청년의 용모는 비범했다. 먹물을 찍어 바른 듯한 짙은 눈썹과 커다란 눈은 여자의 그것처럼 아름다웠으며 깊은 호수처럼 매우 맑았다.

그리고 오뚝한 콧날과 얇은 듯 붉은 입술 등이 갸름한 얼굴에 자리를 잡고 있었다.

또한 호리호리하게 가냘픈 체구를 지니고 있어서 만약 수염을 깎고 여장을 한다면 틀림없이 빼어난 미인의 모습이 될 것 같은 수려한 용모를 지니고 있었다.

망나니가 막걸리를 칼에 뿜어서 만든 무지개의 한쪽 끝은 사형수의 머리에서 시작됐고, 다른 한쪽은 파란 하늘로 이어져 있었다.

둥둥둥둥.

북소리는 마침내 최고조에 이르고, 망나니는 사형수의 주위를 빙빙 돌면서 덩실덩실 춤을 추며 계속해서 칼에 막걸리를 푸우푸우 뿜어댔다.

그래서 무지개가 사라지려고 하다가 자꾸만 다시 생겼다. 사형수가 빨리 죽어서 영혼이 무지개를 타고 빨리 저승으로 가라고 하는 것 같았다. 사형수의 목을 벨 시간이 임박한 듯했다.

그곳에서 멀지 않은 곳에는 창을 들고 서 있는 다섯 명의 포졸과 허리에 칼을 찬 한 명의 포교가 지켜보고 있었다.

그리고 강둑 쪽으로 좀 더 먼 곳에서는 수백 명의 백성들이 죄인의 처형 광경을 보기 위해서 몰려들어 있었다.

그런데 백성들의 표정이 하나같이 우울하고 슬퍼 보였다. 그중에서 여자들은 거의 눈물을 흘리고 있으며, 남자들은 주먹으로 제 가슴을 두드리면서 억울하고 안타까운 표정을 짓고 있었다.

포졸 한 명이 큼직한 모탕을 들고 나와 사형수 바로 앞에 놓고 그의 고개를 억지로 숙이게 해서 모탕에 얼굴을 대도록 했다.

도끼로 장작을 쪼갤 때 받침대 역할을 하는 모탕이 형장에서는 목을 치는 받침대 구실을 하고 있다.

그때 갑자기 북소리가 뚝 멈추고 고요한 정적이 찾아왔다.

그러자 백성들은 눈을 크게 뜨고 숨을 멈추면서 사형수를 쳐다보았다. 북소리가 멈추는 것이 사형수의 목을 베는 신호이기 때문이다.

포졸이 물러나자 망나니가 춤을 멈추고 사형수 옆으로 성큼성큼 걸어왔다. 망나니가 쥐고 있는 큰 칼에서는 막걸리가 줄줄 흘러내렸다.

멀찌감치 물러서 있는 백성들 속에서 안타까운 한숨 소리가 여기저기에서 흘러나왔다. 그리고 울음소리가 더욱 크게 터져 나왔다.

사형수는 모탕에서 얼굴을 들고 잠시 망나니를 쳐다보다가 고개를 들어 눈부시게 빛나는 태양의 반대 방향을 올려다보았다. 그곳은 북두칠성이 있는 방향이다.

그의 얼굴에는 두려움이나 초조함 같은 것은 조금도 보이지 않았다.

단지 쓸쓸함이랄까 허탈함 같은 것이 눈가에 마치 서리처럼 부옇게 서려 있었다.

사형수는 문득 어젯밤에 자신의 머릿속으로 갑자기 들어와서 말을 걸었던 사내가 생각났다.

사형수는 조금 전에 처형장에 끌려온 직후에 그 사내를 생각하면서 속으로만 하고 싶은 말을 중얼거렸었다.

그런데 놀랍게도 그 사내가 대답을 했던 것이다. 그리고 사형수가 있는 위치를 알려달라고 요구했었다.

"북두칠성을 귀하의 머리 위 하늘로 끌어오시오. 아니, 끌어온다고 생각하시오."

북두칠성이라니, 처형당하는 마당에 그게 무슨 의미가 있다는 말인가.

사형수는 그 사내에게 어떤 일말의 기대나 희망도 품지 않았으므로 실망할 일도 없다.

망나니는 사형수 옆에 우뚝 서서 큰 칼을 두 손으로 잡고 머리 위로 높이 치켜들었다.

망나니와 포졸은 사형수의 머리를 억지로 모탕에 엎드리게 하지 않고 기다려 주었다.

사형수는 입가에 쓸쓸한 미소가 엷게 피어나더니 이윽고 천천히 고개를 숙여 모탕에 얼굴을 붙였다.

"잘 가시게."

머리 위에서 망나니의 중얼거리는 걸걸한 목소리가 들렸다. 그것은 아마 사형수가 이승에서 듣는 마지막 목소리가 될 것이다.

순간 햇빛을 받아 번뜩이는 칼이 세로로 사형수의 길게 늘어뜨려진 목을 향해 세차게 내리그어졌다.

"아악!"

"어이구!"

백성들의 입에서 비명 소리가 와르르 터져 나왔다.

사형수는 그 소리를 듣고 망나니가 칼을 내리치고 있다고 짐작했다.

쉬익!

쩌껑!

그런데 강한 쇳소리가 터졌다. 맹렬하게 내리그어지던 망나니의 칼은 뭔가에 부딪쳐서 허공으로 빙글빙글 돌며 저 멀리 날아가 버렸다.

그리고 언제 나타났는지 망나니 맞은편, 그러니까 사형수 옆에 한 명의 이상한 옷차림을 한 사내가 우뚝 서 있었다.

망나니의 칼이 사형수의 목을 향해 내리그어지는 아슬아슬한 순간에 나타난 사람은 연달아였다. 그가 환두대도로 망나니의 칼을 막아 날려 버린 것이었다.

망나니는 퉁방울 같은 눈을 크게 뜨고 귀신에 홀린 듯한 얼굴로 연달아를 쳐다보았다.

그리고 구경하던 백성들 속에서 놀라움의 탄성이 마구 쏟아져 나왔다.

그들이 뻔히 보고 있는 가운데 사형수 옆에 연달아가 마치 귀신처럼 나타나 망나니의 칼을 날려 버렸으니 놀라지 않을 수가 없다.

연달아는 사형수를 향해서 환두대도를 슬쩍 가볍게 떨치듯이 움직였다.

파파.

그러자 사형수의 온몸을 꽁꽁 결박했던 밧줄이 썩은 새끼줄처럼 투두둑 모조리 잘라졌다.

사형수는 의아한 표정을 지으며 모탕에서 얼굴을 떼고 고개를 들었다.

그의 시선이 망나니에게 향했다. 그런데 망나니가 귀신을 본 듯한 표정으로 앞을 쳐다보고 있는 것을 보고 그곳을 쳐다보다가 연달아를 발견했다.

'아…….'

그런데 사형수는 신기하게도 이상한 옷차림의 낯선 사내가 자신의 머릿속으로 들어와서 대화를 나눴던 사내라는 사실을 즉시 깨달았다.

그의 모습에는 그 사내일 것이라는 어떤 표시도 없으며, 한 번도 본 적이 없는데도 신기한 일이다.

그리고 사형수는 연달아의 머리 위 파란 하늘 저 꼭대기에서 국자 모양으로 반짝이는 일곱 개의 별을 발견했다.

'북두칠성…….'

아까까지만 해도 보이지 않았던 북두칠성이 지금은 또렷하게 보였다.

지금처럼 환한 대낮에는 절대 육안으로 북두칠성을 볼 수 없지만 지금은 너무나 또렷하게 보였다. 사형수는 그것 역시 놀라지 않고 당연하게 받아들였다.

그리고 자기가 놀라지 않는다는 사실을 깨달았는데도 이상하지 않았다.

이 낯선 사내와 연관되는 것은 모두 지극히 자연스럽다는 생각이 들었다.

연달아는 손을 뻗어 사형수의 팔을 잡는 순간 포졸들이 있는 반대방향 백성들 쪽으로 내달리기 시작했다.

휘익!

사형수는 원래 달리는 것에는 속도와 지구력에서 누구에게도 지지 않을 자신이 있지만, 연달아가 얼마나 빨리 달리는지 그에게 팔을 잡힌 상태에서 몸이 허공으로 붕 떠서 끌려가는 형태가 되었다.

뒤늦게 정신을 차린 포교가 연달아와 사형수를 가리키며 버럭 소리를 질렀다.

"무엇들 하느냐? 어서 저자들을 잡아라!"

겹겹이 둘러서 있던 백성들이 연달아가 달려오자 서둘러 양쪽으로 길을 쫙 터주었다.

구태여 그럴 필요가 없었다. 연달아의 능력이라면 백성들의 머리 위로 날아서 넘을 수도 있다.

하지만 그는 백성들이 터준 길을 통해서 바람처럼 달려 지나갔다.

그러면서 그는 백성들이 사형수를 좋아하고 있다는 사실을 깨달았다.

사형수가 도주하는 것을 보면서 기뻐하고 있는 백성들의 얼굴을 보기만 해도 알 수 있었다.

그러나 연달아가 통과하자마자 백성들은 방금 만들었던 길을 즉시 메워 버렸다.

부리나케 뒤쫓던 포졸들은 수많은 백성들 때문에 차단당하자 창을 휘두르며 소리 질렀다.

"어서 비켜라! 물러나지 않으면 다친다!"

그러나 포졸들이 백성들을 통과했을 때에는 연달아와 사형수의 모습은 어디에서도 보이지 않았다.

처형장인 새남터에서 5㎞쯤 떨어진 한강변의 울창한 숲 속에 연달아와 사형수는 땅바닥에 마주 보고 앉았다.

연달아는 사형수를 보며 담담한 표정과 목소리로 거두절미하고 말했다.

"나하고 같이 갑시다."

그런데 사형수는 어디로 무엇 때문에 가는 것인지 묻지도 않고 한 가지 조건을 말했다.

"정인(情人)이 있소. 그녀가 있는 곳이 나의 세상이오."

어디를 가든 정인, 즉 사랑하는 여인을 함께 데려가 달라는 부탁이다.

그는 정인과 함께 가고 싶다는 단 한 가지만 원했으나 그것은 불가능한 조건이었다.

연달아는 사형수가 런너의 수행자 감마이기 때문에 2012년 대한민국으로의 워프가 가능하다고 믿고 있다.

하지만 그의 정인은 평범한 사람일 것이므로 같이 데리고 갈 수는 없을 것이다. 시도해 보지 않았지만 보장태왕의 지식이 그렇게 가르쳐 주었다.

사형수는 애걸도 부탁도 하지 않고 담담한 표정으로 연달아를 응시하며 그의 대답을 기다렸다.

사형수는 정인을 함께 데려가는 것이 어렵다는 것을 연달아의 씁쓸한 표정을 보고 깨달았다.

하지만 사형수는 더 이상의 부탁은 하지 않았다. 그런 것을 보면 그는 과묵하고 또 자신의 감정을 잘 조절할 줄 아는 사람인 듯했다.

슥―

3분 정도 침묵이 흐른 후에 사형수가 일어나서 궁둥이에

묻은 흙을 털었다.

"구해줘서 고맙소. 이만 가보겠소."

연달아도 따라 일어섰다. 하지만 그때까지도 그는 어떻게 할지 결정을 내리지 못했다.

만약 무리를 해서 사형수의 정인을 데려가려고 한다면 그녀가 도중에 어떻게 될지 짐작조차 할 수가 없다. 모르긴 해도 죽을 가능성이 크다. 그것을 뻔히 알면서도 강행할 수는 없는 것이다.

사형수는 처형당할 위기를 넘겼으니까 정인에게 돌아가서 이곳에서의 제 할 일을 하면 되고, 연달아는 다시 2012년 대한민국으로 돌아가면 된다. 하지만 제3수행자 감마를 얻는 일은 물거품이 될 것이다.

연달아는 처음에 처형장에서 사형수를 봤을 때 비범한 사람이라는 것을 느꼈었고, 이곳에서 몇 분 동안 지켜보는 동안 그가 점점 더 마음에 들었다. 그래서 될 수 있으면 그를 놓치고 싶지 않았다.

연달아는 일단 그를 따라가 보기로 마음먹었다. 지금 당장은 어쩔 수 없지만 시간이 지나면 좋은 방법이 떠오를지도 모른다고 생각했다.

연달아는 사형수와 함께 나루터에서 강을 건넜다. 나룻배를 이용하면 당연히 돈을 내야 하지만 뱃사공은 고문으로 피범벅이 된 옷을 입고 머리를 풀어헤친 사형수를 자세히 보더니 화들짝 놀라고 나서는 아무 말도 하지 않고 서둘러서 배를 저어 강을 건너게 해주었다.

강 건너에는 주막이 있었다. 연달아는 사형수를 따라서 주막으로 가다가 나루터를 뒤돌아보았다.

그런데 뱃사공이 바닥에 엎드려서 이쪽을 향해 절을 하고 있는 모습을 발견했다.

생면부지의 뱃사공이 연달아에게 절을 할 리는 없다. 당연히 사형수에게 올리는 절이다.

사형수는 주막에서 서둘러서 세수를 하고 깨끗한 옷을 빌려 입었다.

그러는 동안에 주막의 아낙네가 길가에 나가서 포졸이 오지 않나 망을 봐주었다.

이어서 사형수는 주막 주인에게 두 필의 말을 빌렸다. 고구려에서도 말은 귀한 재산이라서 매우 비쌌다. 그것은 조선시대라 해도 별반 다르지 않을 터이다.

그런데 주막의 주인은 사형수를 보더니 기쁨의 눈물을 흘리면서 반겨주었고, 그가 말을 두 필 빌려달라고 하자 말은 물론이고 노잣돈까지 얹어주고 또 가다가 요기를 하라면서 이것저것 먹을 것까지 챙겨주었다.

그런 것들을 보면서 연달아는 사형수의 정체가 무엇인지 무척 궁금해졌다.

그는 처형을 당할 정도의 죄인이면서 많은 사람들에게 존경을 받고 있는 것 같았다.

사형수는 연달아에게 말을 탈 줄 아느냐고 물었다. 고구려 무적의 오골철갑기병을 이끌었던 요동욕살에게 할 질문은 아니다. 하지만 연달아는 가볍게 고개를 끄덕였다.

두 사람은 말을 타고 주막을 출발하여 얼마 지나지 않아서 끝이 보이지 않을 정도로 너른 들판을 달려 남쪽으로 향했다.

들판을 건너자 그리 높지 않은 우면산이 나타났다. 이어서 동쪽 기슭을 돌아가자 양재천이 앞을 가로막았다.

양재천 저만치 아래쪽에 파발이 말을 바꿔 타는 역참(驛站)이 보였고, 더 아래쪽에는 마을이 있는데 말죽거리다.

사형수는 거침없이 말을 몰아서 얕은 냇물을 건너 역참을 뒤로 두고 계속 달려 우면산과 이어진 관악산 산길을 내달렸다.

중간에 두 사람은 잠깐 말에서 내려 주막 주인이 싸준 음식으로 요기를 했다.

"귀하를 뭐라고 불러야 하오?"

"나는 정옥군이오."

"나는 연달아요."

두 사람은 짧은 대화만을 나누고는 다시 말을 타고 달려서 두 시간쯤 후에 이윽고 청계산에 이르렀다.

청계산은 북쪽으로 우면산과 대모산, 서쪽에는 관악산과 삼성산, 남쪽으로는 백운산과 광교산, 동쪽으로는 남한산, 고불산과 이어져 있어서 하나의 작은 산맥을 이루고 있으며, 산 속으로 들어가면 하늘이 보이지 않을 정도로 나무가 우거져서 첩첩산중이라고 할 수 있다.

연달아는 사형수 정옥군이 왜 자꾸만 깊은 산중으로 들어가는지 묻지 않고 묵묵히 따르기만 했다. 하지만 그가 정인에게 가는 것이라고 짐작했다. 정인이 이런 깊은 산중에 있다는 사실이 좀 의외라는 생각이 들었다.

이윽고 정옥군은 어느 숲에서 두 필의 말을 나무에 묶고 거기서부터는 두 발로 달리기 시작했다.

그런데 그의 달리는 동작이 예사롭지가 않다. 평지를 달릴 때는 한 마리 말 같고, 험준한 바위로 이루어진 언덕을 오를 때에는 표범 같다.

5~6미터 정도 너비의 간격은 훌쩍 단 한 번의 도약으로 건너뛰었다. 하늘을 날지만 못할 뿐이지 지상에서는 날렵하기 그지없었다.

심한 고문을 당해서 몸이 성치 않다는 사실을 감안한다면 그의 날렵함은 놀라움을 금치 못할 정도였다.

정옥군은 어느 정도 달리다가 뒤돌아보고, 또 바위를 훌쩍
훌쩍 딛고 나는 듯이 가다가도 뒤돌아보았다. 연달아가 잘 따
라오는지 확인하려는 것이다.

그런데 정옥군이 평지를 달리든 가파른 언덕을 오르든 연
달아가 일정한 거리를 유지한 채 줄곧 따라오는 것을 보고 의
외라는 표정을 지었다.

잘 따라오는 정도가 아니라 연달아의 얼굴을 보면 지친 모
습은커녕 숨소리조차 거칠어지지 않았기 때문에 정옥군은 속
으로 적잖이 놀랐다.

말을 묶어둔 숲에서 10분 정도 더 달려서 산속으로 깊숙이
들어간 곳에 마침내 보는 이의 숨을 막히게 하는 비경(秘境)
이 펼쳐졌다.

두 사람 앞에 높이가 50미터는 족히 될 것 같은 깎아지른
절벽이 가로막은 채 서 있었다.

숲이 끝나는 곳에 웅장하게 버티고 서 있는 절벽은 좌에서
우로 그 길이가 1.5㎞ 이상이었다.

쏴아아―

그런데 절벽은 이어져 있지 않았다. 한복판에 칼로 자른 것
처럼 끊어져 있는데 폭이 15미터 정도고 그곳에서 거센 급류
가 흘러나오고 있었다.

두 사람 앞에 절벽과 급류가 가로막고 있어서 더 이상 전진

하는 것은 어려울 것 같았다.

하지만 정옥군은 급류에서 왼쪽으로 30미터쯤 떨어진 절벽 아래로 달려갔다.

그곳에는 크고 작은 바위들이 군락을 이룬 채 길게 이어져 있는데 그는 밀집한 바위 사이를 요리조리 날렵하게 달려서 이윽고 절벽과 거대한 바위가 거의 맞붙은 듯한 좁은 틈새로 진입했다.

그러자 그곳 절벽 아래에 허리를 잔뜩 굽혀야지만 겨우 들어갈 수 있을 조그만 동굴이 나타났다.

정옥군은 힐끗 뒤돌아본 후에 거침없이 동굴 안으로 들어갔고 연달아도 즉시 뒤따랐다.

몇 걸음 들어가자 동굴 안은 허리를 펴도 될 정도로 높아졌으며 폭도 2미터쯤으로 넓어졌다.

동굴은 위쪽으로 비스듬히 경사를 이룬 채 고불고불 이어졌으며 오른쪽으로 완만하게 굽어져 있었다. 또한 내부의 상태로 봐서는 오랜 세월 동안 자연적으로 형성된 동굴인 것 같았다.

동굴은 매우 어두웠고 구불구불했으나 정옥군은 빠른 속도로, 그리고 한 번도 부딪치거나 넘어지지 않고 능숙하게 달렸다. 그로 미루어서 그는 이 동굴을 자주 이용한 것이 분명했다.

동굴을 나서자 그곳에는 신기하게 별천지가 펼쳐졌다. 전방에 아담한 폭포가 있고, 그 아래에는 제법 큰 소(沼)가 형성되어 있으며, 그곳에서 시작되는 냇물은 잔잔하게 아래로 흐르고 있었다.

소 왼쪽 옆에는 야트막한 언덕이 있고 언덕 위에는 통나무집 한 채가 풍경화처럼 자리 잡고 있었다.

그런데 통나무집 앞에 한 여자가 서 있었다. 좋지는 않지만 깨끗한 갈색의 무명옷을 입고 허리까지 이르는 긴 머리카락을 산들바람에 흩날리고 있는 20세가량의 여자였다.

그 여자는 마치 풀잎 하나가 서 있는 것처럼 연약해 보였다. 그런데다 눈을 감은 채 동굴이 있는 방향을 향해 두 손을 앞에 모으고 오도카니 서 있었다.

평생 햇빛을 본 적이 없는 사람처럼 창백한 얼굴에 눈을 감고 있는데도 불구하고 한 송이 수선화처럼 고결하고 청순한 자태를 지녔다.

정옥군은 여자를 발견하자 반가운 미소를 환하게 지으면서 달려가며 외쳤다.

"소예!"

그의 외침에 여자 한소예는 깜짝 놀랐다가 얼굴 가득 기쁜 표정을 지으며 눈물을 흘렸다.

"오라버니!"

정옥군은 단숨에 달려가서 한소예 앞에 이르렀다. 그녀를
바라보는 그의 얼굴에는 온화한 미소와 편안함이 가득 떠올
라 있었다.

"걱정 많이 했지?"

한소예는 품에 안길 듯이 빠짝 다가서서 두 손으로 그의 얼
굴을 더듬었다.

"너무 오랫동안 돌아오시지 않아서 걱정했어요."

"하하하! 친구를 만나는 바람에 그렇게 됐어."

"그랬군요."

한소예는 정옥군 왼쪽 세 걸음쯤 떨어져 있는 연달아 쪽으
로 정확하게 얼굴을 돌렸다. 눈은 보이지 않지만 감각이 매우
발달한 모양이다.

그녀는 얼굴을 살짝 붉히면서 연달아에게 공손히 고개를
숙여 인사를 하였다.

그녀는 여전히 눈을 감고 있었지만 마치 연달아를 보고서
인사를 하는 것 같았다.

연달아는 한쪽 손을 들면서 빙그레 미소를 지었다. 그 역시
한소예가 쳐다보고 있는 것처럼 행동을 했다.

그는 한소예를 자세히 살펴보았다. 정옥군의 정인인 그녀
를 2012년으로 데려갈 방법이 생각나지 않기 때문에 혹시 그
녀에게서 무슨 방법을 찾을 수 있지 않을까 하고 어림도 없는

생각을 하고 있는 것이다.

　그러다가 그런 터무니없는 짓을 하고 있는 자신의 모습을 발견하고 피식 쓴웃음이 났다.

제33장

감마와 델타

R U N N E R
런너

한소예는 이른 저녁식사를 준비하느라 혼자서 분주하게
움직이고 있었다.

정옥군이 통나무집을 지으면서 내부의 모든 구조를 장님
인 그녀가 일상생활을 하는 데 아무런 불편이 없도록 꾸며놨
기 때문에 그녀는 익숙하게 실내를 오락가락하면서 밥을 짓
고 반찬을 만들었다.

정옥군은 대나무 낚싯대를 들고 언덕 아래 소로 내려갔다.
한소예가 식사 준비를 하면 그는 늘 소에서 물고기를 잡아 그
녀에게 갖다 주곤 했었다.

"연 형은 누구요?"

물속의 작은 돌 밑에 붙어 있는 물벌레를 낚싯바늘에 꿰어 물에 던져 놓고는 정옥군이 비로소 물었다.

"고구려라고 아시오?"

"고려?"

"그 이전 고려요."

"아… 고구리. 잘은 모르지만 조금은 알고 있소."

원래 주몽이 세운 나라는 고구려인데 가운데 '구' 자를 생략해서 고려라 부르기도 한다. 그렇지만 '고구리'라는 이름이 더 널리 불렸었다.

연달아는 정옥군이 소에 던져 놓은 찌 없는 낚싯줄을 바라보며 말했다.

"나는 고구려의 요동욕살 연달아요."

"귀하가?"

정옥군은 놀라는 얼굴로 연달아를 쳐다보았다.

일반 백성들은 고구려의 귀족 계급인 '욕살'이 무엇인지 모르지만 정옥군은 알고 있다.

그는 예전에 한양의 지체 높은 양반가의 자제로서 많은 교육을 받았었다.

아니, 굳이 그게 아니더라도 그는 어떤 사람에게 고구려에 대해서 많은 이야기를 들었다.

그는 연달아를 뚫어지게 주시했다. 낚시에 물고기가 물렸는지 줄에서 핑핑! 하는 소리가 나고 낚싯대가 활처럼 휘어지고 있는데도 그는 모르는 듯했다.

지금은 조선 숙종 42년(1716년)이다. 그런데 정옥군이 알고 있는 바로는 '요동욕살 연달아' 는 고구려 멸망 무렵의 인물이다.

그렇다면 그는 지금으로부터 천 년이 훨씬 넘는 과거의 인물이라는 뜻이다.

그런데 연달아는 그보다 더욱 놀라운 말을 아주 조용한 목소리로 말했다.

"하지만 나는 지금으로부터 약 3백여 년 후의 미래로부터 왔소."

"도대체……."

정옥군은 연달아를 쳐다보며 아연실색하는 표정을 지었다. 그는 원래부터 자신에게 신비하게 접근한 연달아를 믿기는 하지만, 천 년 전 고구려의 요동욕살이었으며 또 미래에서 왔다고 하는 말까지는 믿기 어려웠다.

정옥군은 잠시 침묵을 지키면서 낚싯대를 당겨 물고기를 잡고 다시 벌레를 잡아 낚싯바늘에 꿰어 던지고 나서 연달아를 쳐다보았다.

"나를 어떻게 찾았소?"

"나는 내 동료들을 찾고 있으며, 그들은 북두칠성에 해당하는 일곱 명이오."

"북두칠성……."

정옥군은 중얼거리다가 조심스럽게 물었다.

"혹시 내가 북두칠성의 파군성(破軍星)이오?"

"그렇소."

"아……."

정옥군은 적잖이 놀라는 표정을 지으면서 고개를 돌려 언덕 위의 통나무집을 바라보았다.

"정인이 내가 북두칠성의 파군성이라고 예전에 알려준 적이 있었소."

그는 복잡한 표정을 지었다.

"그리고 언젠가는 먼 곳에서 귀인(貴人)이 나를 데리러 올 텐데, 그때는 서슴없이 그의 부하가 되어 따라가라고 말해주었소."

연달아는 적잖이 놀라는 표정으로 통나무집을 바라보았다.

때 이른 저녁식사가 통나무집 앞 널찍한 평상에 차려졌다.

연달아와 정옥군, 한소예는 단출하지만 정성껏 차린 밥상에 둘러앉아서 식사를 했다.

한소예는 정옥군 옆에 그린 듯이 앉아서 묵묵히 그의 시중을 들면서 밥을 먹었다.

그녀는 식사를 하는 것보다 그의 시중을 드는 것에 더욱 신경을 쓰는 것 같았다.

장님인 그녀가 식사를 장만하고 또 한 치의 흐트러짐도 없이 정옥군의 시중을 드는 모습은 신비롭기까지 했다. 그녀는 정옥군의 분신처럼 행동했다.

정옥군은 아까 낚시를 하다가 연달아와 대화를 나눈 이후 줄곧 아무 말도 하지 않고 있다.

한소예는 정옥군이 평소와는 다르다고 생각했다. 그는 이곳 깊은 산중에서 한소예하고 단둘이 살면서 그녀에게 그지없이 다정다감했었다.

그런데 지금은 밥을 먹으면서 말 한마디 하지 않고 더구나 친구라면서 연달아를 소개해 주지도 않고 있다.

하지만 한소예는 아무것도 묻지 않았다. 정옥군이 설명을 해줄 것이라고 믿었으며, 설혹 그러지 않는다고 해도 괜찮다고 생각했다.

그녀가 알아야 할 일이라면 설명을 해줄 것이고, 몰라도 되는 일이면 말하지 않을 것이기 때문이다.

연달아는 묵묵히 밥을 먹으면서 한소예를 관찰했다. 그녀가 정옥군에게 북두칠성의 파군성이라는 사실을 가르쳐 주었으며, 언젠가는 먼 곳에서 귀인이 데리러 올 것이라고 말했다는 사실 때문이다. 그녀가 그런 사실을 어떻게 알았는지 궁금했다.

그렇다면 그녀는 절대로 평범한 여자가 아닐 것이다. 그녀가 어떤 능력을 지니고 있는지는 모르지만 앞일을 내다보는 예지의 능력이나 점술의 능력을 지니고 있는 것만은 분명한 듯하다.

하지만 연달아는 그녀가 앞을 못 본다는 사실 외에는 별다른 점을 발견하지 못했다.

아니, 특이한 점을 한 가지를 발견했다. 그녀의 오른손 검지가 백옥처럼 희었다.

그녀의 얼굴이나 손, 살결은 원래 투명하리만치 흰데 검지는 그보다 훨씬 희고 투명했다. 마치 은은한 빛을 발하고 있는 것 같았다.

그러나 연달아는 그녀의 오른손 검지가 왜 백옥 같은지 이유는 짐작조차 할 수가 없다.

이윽고 식사가 끝났다. 연달아와 정옥군은 거의 동시에 수저를 내려놓았다.

한소예가 상을 치우려고 평상에서 내려가려는데 정옥군이 가만히 그녀의 팔을 잡았다.

"소예, 할 얘기가 있어."

한소예가 다소곳이 다시 앉자 정옥군은 맞은편의 연달아를 가리켰다.

"아무래도 평소에 소예가 자주 말했던 귀인이 온 것 같아."

"아……."

한소예는 나직한 탄성을 터뜨리고 눈을 감은 채 연달아 쪽으로 얼굴을 향했다.

그녀는 마치 연달아가 보이기라도 하는 것처럼 그대로 가만히 있다가 매우 조심스럽고도 가늘게 떨리는 목소리로 말문을 열었다.

"어디에서 오신 누구신가요?"

연달아는 조용히 대답했다.

"고구려 요동욕살 연달아요."

"아……."

한소예는 또다시 탄성을 터뜨렸는데, 감고 있는 눈꺼풀 안에서 눈이 이리저리 움직이는 것이 보였다. 뭔가 기억 속에 있는 것을 떠올리려고 애쓰는 모습이었다.

그녀는 몹시 긴장하고 또 흥분한 기색이 역력했는데 그것을 억제하면서 상체를 꼿꼿하게 세우고 얼굴을 연달아 쪽으로 향한 채 여린 목소리로 말했다.

"소녀가 기억하는 몇 가지 중에 고구려의 것이 있어요."

연달아는 그녀의 말이 무슨 뜻인지 이해하지 못했다. 대체 고구려의 무엇을 기억한다는 말인가.

"저희 가문은 관노부(灌奴部)였으며 아버님께선 관직에 계셨던 것으로 기억해요.”

연달아는 깜짝 놀라 몸을 꼿꼿하게 세웠다. 그녀가 조금 전에 말한 '고구려의 기억'이 무슨 뜻인지 조금쯤은 알 것 같았다.

연달아는 조심스럽게 물었다.

“가존(家尊)께서 어느 대의 관리셨소?”

한소예의 눈꺼풀 안의 눈이 더욱 빠르게 이리저리 굴렀다.

“아마도 보장태왕 대였을 거예요.”

연달아는 적잖이 흥분해서 목소리가 팽팽해졌다.

“그렇다면 가존의 존함은 혹시 을지장천(乙支長天)이 아니시오?”

한소예의 표정이 어두워졌다.

“그것은 기억나지 않아요. 다만 어머님 이름이 나여운(那如芸)이었던 것 같아요.”

탁!

연달아는 기쁜 마음에 손바닥으로 자신의 무릎을 세게 치며 낮게 외치듯이 말했다.

“맞소! 관노부 동부욕살(東部褥薩)의 존함이 을지장천이고 부인의 존함이 나여운이셨소. 부인은 절노부(絶奴部) 출신으로 하백녀(河伯女)였던 것으로 기억하고 있소.”

한소예의 얼굴에 기쁜 기색이 가득 떠올랐다.

“아⋯ 그렇다면 고구려 시절의 소녀의 아버님께선 관노부 동부욕살이셨군요."

연달아는 크게 고개를 끄덕였다.

"그렇소. 또한 고구려의 대영웅이신 을지문덕(乙支文德) 대장군의 아들이기도 하오."

"아버님이 을지문덕 대장군의 아들이신가요?"

조선에서 을지문덕은 영웅 중에서도 대영웅으로 추앙받고 있어서 모르는 사람이 없다.

정옥군은 긴장하고 또 흥분한 표정으로 입을 꼭 다문 채 두 사람의 대화를 듣고 있다.

연달아는 한소예가 연속환생자일 것이라고 짐작했다. 그랬기 때문에 고구려 시대에도 살고, 또 조선시대에도 살 수 있는 것이다.

그런데 한 가지 이상한 점은, 연속환생자는 과거 자신이 살았던 생(生)에 대해서는 기억을 못하는 것으로 알고 있는데, 한소예는 정확하지는 않지만 고구려에서의 생을 기억하고 있었다.

"또 무엇을 기억하고 있소?"

연달아의 물음에 한소예는 문득 슬픈 표정을 지었다.

"고구려에서의 소녀는 노예였던 것 같아요. 기억을 떠올리는 것조차도 싫을 만큼 끔찍한 생활이었어요."

연달아는 쓸쓸한 표정으로 고개를 끄덕였다.

　"고구려가 당나라와 신라의 연합군에 패해서 멸망했기 때문에 수많은 고구려 사람들이 당나라로 끌려가서 비참한 노예 생활을 했소. 그대는 그것을 어렴풋이 기억하고 있는 것 같소만."

　이후에 한소예는 자신이 살았던 세 개의 생에 대해서 드문드문 기억나는 것들을 더 말해주었다.

　하지만 그녀가 살았다는 고려나 조선시대 초기에 대해서 연달아는 모르기 때문에 들어봤자 모르는 내용이었다.

　정옥군으로서는 지금까지의 얘기들이 전부 처음 듣는 내용이었다.

　한소예가 특별한 재능과 능력을 지니고 있는 줄을 알고 있었지만, 여러 생을 산 것과 전생을 기억하고 있을 줄은 전혀 짐작하지 못했다. 그녀는 자신이 연속환생자라는 사실은 그에게 말하지 않았었다.

　"그런데 하백녀가 무엇인가요?"

　한소예는 두 손을 앞에 모으고 상체를 연달아 쪽으로 약간 숙이면서 궁금한 표정으로 물었다. 조금 전에 연달아가 한소예의 모친 나여운을 '절노부 출신의 하백녀'라고 말했기 때문이다.

　"하백녀란 신녀(神女)를 말하는 것이오."

　"신녀……."

"고구려는 부여신(扶餘神)과 고등신(高等神)을 섬겼소. 고구려의 뿌리인 부여신을 모시는 분은 대대로 절노부 출신이 맡았는데 하백녀라 하고, 고구려를 세우신 동명성왕(東明聖王) 주몽을 모시는 분은 제사장이라고 하오."

하백녀란 하백의 딸이라는 뜻으로 동명성왕 주몽의 어머니인 유화부인(柳花婦人)을 일컫는다.

"하백녀는 황궁의 모든 것과 국사 전반, 관리들의 등용에 대해서, 그리고 전쟁의 시기와 진퇴에 대해서도 점술로써 예언을 해주시는 분이오. 그러므로 고구려의 운명은 전적으로 하백녀의 점괘에 달려 있다고 해도 과언이 아니었소."

그래서 하백녀를 '신녀' 라고 했다. 하늘의 뜻을 지상에 전해주는 위대한 인물인 것이다.

한소예가 쓸쓸한 표정으로 조용히 말했다.

"저는 이번 생에서 무당(巫堂)의 딸로 태어났어요."

"무당?"

한소예는 사람의 길흉화복을 점치고 굿을 하는 사람이 무당이라고 자세히 설명했다.

연달아는 고개를 끄덕였다.

"그렇다면 무당은 고구려의 하백녀 같은 신분이구려."

"그렇지는 않아요."

한소예는 쓸쓸한 표정으로 조신시대의 무당이 얼마나 천

대받는 신분인지에 대해서 설명해 주었다.

그러나 연달아는 이해하기 어렵다는 표정을 지었다.

"한 사람의 길흉화복을 점쳐 주고 나쁜 액을 막아주는 무당이 어째서 천대를 받아야 하는지 모르겠군."

여태까지 침묵하고 있던 정옥군이 씁쓸한 표정으로 한소예 대신 설명했다.

"소예의 모친은 소예가 무당이 되는 것을 원하지 않으셨소. 모친은 소예가 평범한 일생을 살기를 원하셨소. 그래서 그녀를 어느 양반의 첩으로 보내기로 결정했었소."

한소예는 쓸쓸한 표정으로 다소곳이 고개를 숙였고, 정옥군의 설명이 이어졌다.

"나는 예전에 우연한 기회에 소예를 알게 되어 서로 사랑하는 사이가 됐는데, 그녀가 첩으로 가게 놔둘 수는 없어서 이곳으로 데려온 것이오."

"소녀가 오라버니께 한사코 부탁을 했었어요. 아무도 모르는 곳에서 우리 두 사람이 오순도순 살자고……."

한소예는 보이지 않는 눈으로 정옥군을 바라보며 안타까운 표정을 지었다.

"하지만 소녀가 오라버니의 앞길을 망친 것은 아닌지 늘 미안하고 걱정스러워요."

"무슨 말을! 나는 소예 덕분에 진정한 행복이 무엇인지 알게 되었어. 다시는 그런 말 하지 마라!”

정옥군은 따끔하게 한소예를 꾸짖었다. 하지만 꾸짖음을 받은 한소예는 더없이 행복한 표정을 지었다.

연달아는 두 사람이 너무도 사랑하고 있기 때문에 이들을 떼어놓는다는 것은 못할 짓이라는 생각이 들었다.

그는 한소예가 연속환생자이며 고구려 신녀였던 나여운의 딸이었다는 것, 그리고 지금 현재도 무당의 딸이라는 사실이 자신과 어떤 연관이 있을 것이라고 생각했다.

“내가 그대의 눈을 치료해 보고 싶은데… 괜찮겠소?”

그의 조용한 말에 정옥군과 한소예는 깜짝 놀랐다. 그러나 곧 둘 다 처연한 표정을 지었다.

정옥군은 한소예의 눈을 뜨게 해주기 위해서 온갖 방법을 다 써봤으며, 조선의 용하다는 의원들을 일일이 찾아다니면서 그녀를 보였지만 아무도 치료하지 못하고 끝내 포기할 수밖에 없었다.

“말은 고마우나…….”

“어려운 일도 아닌데 잠시 해봅시다.”

정옥군이 정중하게 사양하려는데 연달아가 먼저 평상을 내려가며 말했다.

그의 말처럼 그가 한소예의 눈을 치료하는 것은 어려운 일이 아니다. 밑져야 본전이 아니겠는가.

연달아에겐 세 가지 목적이 있다.

전능으로 한소예의 눈을 치료하는 한편 그녀에게 어떤 능력이 있는지, 그리고 그녀가 2012년으로의 워프가 가능한지 두루 알아보려는 것이다.

물론 가능한지 불가능한지가 어떤 형태로 나타나는지는 모른다. 그저 전능을 주입하면 뭔가 알 수 있지 않을까 기대하는 마음이다.

통나무집 안은 방이 따로 없이 하나로 툭 트여 있다. 왼쪽과 오른쪽에 각각 하나씩의 나무침상이 놓여 있는데 정옥군과 한소예의 것인 듯했다. 그로 미루어 두 사람은 한 침상에서 자지 않는 것 같았다.

연달아는 자신의 침상에 반듯한 자세로 누워 있는 한소예 머리맡에 앉아서 손을 뻗어 손바닥으로 그녀의 두 눈을 부드럽게 덮었다.

침상 옆에 우뚝 서 있는 정옥군은 그 광경을 지켜보면서 조용히 말했다.

"소예는 선천적으로 앞을 보지 못했소. 모친이 소예를 임신했을 때 낙태를 하려고 독한 약을 복용했다는데 그것이 원인인 것 같소."

연달아는 손바닥에 전능을 주입하면서 한소예가 눈을 뜨

기를, 그리고 그녀가 자신과 어떤 연관이 있는지 알아보기를 원했다.

"아앗!"

그런데 전능이 주입되자 갑자기 한소예가 뾰족한 비명을 터뜨리며 몸을 움찔 크게 떨었다. 그리고 눈을 만지려고 두 손을 들어 올렸다.

정옥군은 깜짝 놀라서 급히 그녀의 손을 잡았다.

"소예, 참아라."

그가 쳐다보자 연달아는 손바닥을 한소예의 두 눈에 밀착시킨 상태에서 지그시 눈을 감고 있었다. 매우 진중하고 심각한 모습이다.

그는 한소예의 눈을 치료하려고 지금까지 많은 의원들에게 보였었는데 그녀가 이처럼 반응을 하는 것을 처음 보았다. 그래서 어쩌면 연달아가 그녀를 치료할 수 있을지도 모른다는 기대를 막연하게 품어보았다.

그때 연달아의 머릿속에 어떤 영상이 떠올랐다. 한소예에게서 전해지는 영상이다.

그것은 북두칠성인데 그중 녹색의 별이 빛났다. 녹색별, 북두칠성의 네 번째인 델타 δ였다. 한소예 그녀는 4수행자인 델타였던 것이다. 연달아는 전혀 예상하지 않았던 델타를 만나게 되어 무척 기뻤다.

“아아…….”

한소예의 신음소리가 점점 작아지더니 이윽고 멈추었다. 그녀는 조금 전에 수십 개의 날카로운 바늘로 두 눈을 마구 찌르는 듯한 고통을 느꼈었는데 지금은 뭐라고 형언할 수 없을 만큼 편안했다.

슥—

연달아는 한소예에게서 더 이상 아무런 감응도 전해지지 않자 천천히 손을 뗐다.

그런데 그가 펼친 손바닥에는 검푸른 색의 송충이 절반 정도 크기의 벌레 두 마리가 진득하게 검은 액체를 묻힌 채 징그럽게 꿈틀거리고 있었다.

“그게 무엇이오?”

“안맹충(眼盲蟲)이오. 이것은 원래 소예 낭자의 모친이 복용한 독약 속에 유충의 형태로 들어 있다가 소예 낭자의 눈에 들어가 외부에서 눈 속으로 들어오는 빛을 먹으면서 성충이 되었는데, 이것 때문에 시력을 잃은 것이오.”

정옥군이 놀라면서 묻자 연달아는 막힘없이 술술 대답했다. 그의 대답은 보장태왕의 지식에서 나온 것이다.

정옥군은 놀라움과 기대가 뒤섞인 표정으로 안맹충이라는 벌레와 눈을 감고 있는 한소예를 번갈아 쳐다보았다.

“그럼… 벌레를 제거했으니까 이제 소예는 눈을 뜰 수 있는 것이오?”

연달아는 안맹충을 바닥에 털어서 버리고는 발로 밟아서 짓이겼다.

“그럴 것이라고 생각하오.”

두 남자는 한소예를 보면서 그녀가 눈을 뜨기를 기다렸다. 하지만 그녀는 한참이 지나도록 눈을 뜨지 않았다. 아니, 그녀가 이상한 행동을 하기 시작했다.

“아아…….”

그녀는 눈을 감은 채 두 팔을 들고 허우적거리기도 하고 온몸을 바들바들 떠는가 하면 비 오듯이 마구 눈물을 흘리면서 신음과 환호성과 이상한 괴성을 터뜨렸다.

“소예!”

정옥군이 놀라서 그녀를 건드리려고 하는 것을 연달아가 급히 만류하고는 가만히 있으라는 손짓을 해 보였다.

한소예의 이상한 행동은 오래 지속됐다. 연달아와 정옥군은 묵묵히 지켜보는 동안 그녀가 무엇을 하고 있는지 짐작하게 되었다.

두 사람은 한소예가 과거에 살았던 생에서의 기억을 되새기고 있는 것이라고 생각했다.

그녀가 보여주고 있는 변화무쌍한 표정과 눈물, 여러 동작이 그것을 증명하고 있었다.

어느덧 어둠이 찾아오고 정옥군이 집 안에 호롱불을 밝히고서도 한참 후에야 한소예는 이상한 행동을 멈추었다. 연달아가 전능을 주입하고 세 시간이 훨씬 지나서였다.

"아아… 소녀가 살아온 열한 번의 생을 모두 자세히 보았어요."

그녀는 온몸이 땀으로 축축하게 젖었는데 여전히 눈을 감은 채 상체를 일으켜 앉으면서 신음소리처럼 중얼거렸다.

연달아가 전능을 주입한 것이 한소예의 눈을 치료했으며, 그녀가 7수행자의 네 번째 델타라는 사실을 알게 되었고, 또 그녀의 전생들을 상세히 알 수 있게 되었다.

이렇게 되면 연달아가 의도했던 세 가지가 모두 성공했다고 볼 수 있다.

그녀는 눈을 감고서도 연달아를 정확하게 바라보면서 놀라는 표정으로 말을 이었다.

"그런데 소녀는 을지장천과 나여운 부모님에게서 태어난 것 말고 그전에 한 번의 생을 더 살았어요."

"어떤 생이었소?"

한소예는 애매한 표정을 지었다.

"잘 모르겠어요. 유독 그것만은 또렷하게 기억이 나지 않아요. 다만 소녀의 이름이 두화연(杜花蓮)이라는 것만 생각이 나는군요."

‘두화연’이라는 것만으로는 단서가 희박하다. 연달아는 일단 그것은 덮어두기로 했다.

“이제 눈을 떠보겠소?”

“무언가 보여요.”

그녀의 뜻밖의 말에 연달아와 정옥군은 서로의 얼굴을 쳐다보며 의아한 표정을 지었다.

“소예, 눈을 감고 있는데 무엇이 보인다는 거지?”

“아… 이상한 광경이에요. 갑자기 여러 갈래의 길이 생겼어요. 모두 아홉 개의 길이에요. 길의 끝에는 제각기 다른 색이 빛나고 있어요. 하얀빛과 파란빛… 노란빛… 자줏빛… 초록빛… 흙빛… 빨간빛… 회색빛인데… 가운데 있는 길은 여덟 가지 색이 한꺼번에 빛나고 있어요. 너무 아름다워요.”

연달아는 적잖이 놀라는 표정을 지었다. 한소예가 보고 있는 아홉 색깔의 빛이 연달아 자신과 고방아, 그리고 7수행자의 색깔이 분명하기 때문이다.

그런데 장님이었던 그녀가 전능을 주입한 이후에 눈을 감고 있는 상태에서 그 아홉 갈래의 길과 그 길들의 끝에 아홉 색깔의 빛이 빛나고 있는 영상을 보는 것이 과연 무엇을 뜻하는 것인지 알 수가 없었다.

“다른 변화는 없소?”

“그냥 똑같아요. 아홉 개의 길과 길 끝에서 아홉 개의 빛이 빛나고 있을 뿐이에요."

"이제 눈을 떠보시오."

"네."

당사자인 한소예는 조용히 대답을 하는데 오히려 정옥군은 너무 긴장을 해서 눈을 부릅뜨고 두 주먹을 움켜쥔 채 그녀를 뚫어지게 주시했다.

한소예의 눈꺼풀이 파르르 떨리면서 아주 느리게 떠졌다. 그리고 상상했던 것보다 훨씬 더 맑고 아름다운 한 쌍의 눈이 모습을 드러냈다.

눈이 떠졌는데 흑요석처럼 새카만 눈동자가 움직이지 않고 가만히 있었다.

그녀가 눈을 뜬 모습을 처음 본 정옥군은 너무 긴장해서 심장소리가 천둥소리처럼 크게 들렸다.

사르르.

그때 그녀의 눈동자가 가만히 구르면서 연달아와 정옥군을 바라보았다.

그리고는 그녀의 눈동자가 정옥군의 얼굴에 멈추었다. 커다란 눈에서 눈물이 주르르 흘렀다.

"오라버니……"

"내… 가 보여?"

"네. 소녀가 생각했던 것보다 훨씬 잘생기셨군요."

정옥군은 호탕한 웃음을 터뜨렸다.

"하하하! 그렇다면 내가 보이는 게 정말 맞는구나!"

그는 웃고 있지만 두 눈에서는 닭똥 같은 눈물이 후드득 마구 떨어졌다.

그는 울면서 두 팔을 내밀었고, 한소예도 울면서 그의 품에 무너지듯이 안겼다.

두 사람은 마치 어렸을 때 헤어진 가족이 몇십 년 만에 상봉한 것처럼 기뻐하였다.

한참 만에 한소예는 연달아가 보고 있다는 사실을 깨닫고 뺨을 노을처럼 붉히면서 정옥군의 품에서 떨어졌다.

"소녀는… 연달아님을 알아요."

그리고는 수줍게 연달아를 보면서 뜬금없이 말했다.

"나를 안다는 말이오?"

연달아로서는 놀랍고도 기쁜 일이다. 그는 한소예가 전생의 기억을 되찾았기 때문에 자신을 기억하게 된 것이라고 생각했다.

"소녀는 어렸을 때부터 어머님과 함께 평양성 황궁에 자주 갔었는데 연달아님께서 가연공주님, 그리고 아기씨 청명공주님과 노시는 모습을 자주 뵈었어요."

"아… 그랬구려. 그런데 나는 소예 낭자를 기억하지 못하오. 미안하오."

"소녀는 먼발치에서만 연달아님을 뵈었기 때문에 기억하지 못하실 거예요."

연달아는 그래도 자신의 고구려 시절을 기억해 주는 사람이 있다는 사실에 큰 위안을 느꼈다.

세 사람은 통나무집 앞에 있는 평상에 앉았다.

밤하늘에는 은모래를 뿌려놓은 듯 새하얀 별들이 반짝이고 있었다.

"나는 두 사람을 3백 년 후의 미래로 데려갈 것이오."

연달아의 말에 그의 앞에 나란히 앉아서 손을 꼭 잡고 있는 정옥군과 한소예는 긴장하는 기색이 역력하면서도 그를 깊이 신뢰했다.

정옥군이 조용한 목소리로 물었다.

"3백 년 후에는 누가 왕이오?"

연달아는 빙그레 미소 지었다.

"조선은 없소. 조선은 지금으로부터 2백 년도 못 가서 멸망하고 대한민국이라는 새로운 나라가 들어섰소."

"대한민국……."

두 사람은 똑같이 나직이 중얼거렸다.

연달아는 낮게 웃었다.

"하하하! 나도 고구려에서 온 몸이라 아직 자세한 내용은 잘 모르오. 그러니까 앞으로 우리 함께 알아봅시다.”

정옥군은 한소예를 보며 조심스럽게 물었다.

“소예도 갈 수 있소?”

“원래 나는 정 형만 데려갈 생각이었소.”

연달아의 말에 두 사람은 손을 더욱 힘주어 잡았다. 절대 헤어질 수 없다는 절실함이 그 작은 행동에서도 잘 나타났다.

“그런데 나는 소예 낭자가 북두칠성의 거문성(巨文星)이라는 사실을 알게 되었소. 그렇다면 소예 낭자도 함께 갈 수 있을 것이오.”

“아…….”

두 사람은 똑같이 기쁜 표정으로 탄성을 터뜨렸다.

정옥군은 한소예를 보며 환하게 미소 지었다.

“소예는 내가 파군성이라고 가르쳐 주더니 정작 자기가 거문성인 것은 모르고 있었군.”

한소예는 배시시 수줍게 미소 지었다.

“중이 제 머리를 못 깎는다잖아요.”

“하하하! 그렇다면 소예는 비구니로군.”

한결 여유가 생긴 정옥군이 농담을 하자 한소예는 부끄러워서 목덜미까지 발갛게 붉어졌다. 정말 순진하기 짝이 없는 처자였다.

정옥군은 연달아를 보며 진지한 표정으로 물었다.

"우리가 3백 년 후의 미래로 가서 해야 할 일이 무엇이오?"

그로서는 매우 중요하고 또 당연한 질문이다. 물론 '해야 할 일'이 무엇이든지 이미 연달아를 따라가겠다고 결심을 굳힌 상태다.

망나니의 칼에 목이 잘릴 뻔한 그를 구해주고, 목숨보다 더 사랑하는 한소예의 눈을 뜨게 해준 연달아가 아닌가. 설혹 그가 지옥으로 데려간다고 해도 웃으면서 기꺼이 따라갈 준비가 되어 있다.

연달아는 진지한 표정으로 말했다.

"고구려의 옛 영토를 되찾아서 새로운 나라, 즉 제국을 세우는 것이오."

정옥군과 한소예는 크게 놀라는 표정을 지었다. 두 사람은 서로의 얼굴을 한 번 쳐다보면서 눈빛을 교환하더니 연달아를 보며 힘있게 말했다.

"그것은 사람으로 태어나서 진정으로 의미있는 일이오. 우리는 신명을 다 바쳐서 조그만 힘이나마 보태겠소."

"고맙소."

연달아는 정옥군의 손을 덥석 잡으며 진심으로 고마운 표정을 지었다.

그런데 연달아는 정옥군의 손을 놓으며 슬쩍 미간을 좁혔다. 한 가지 문제가 생긴 것이다.

2012년 대한민국으로 돌아가려면 그 시기와 장소의 정확한 좌표가 있어야 하는데, 막상 돌아가려니까 그것을 어떻게 정해야 할지가 난감해졌다.

이곳에 올 때는 보장태왕의 지식이 머릿속에서 번뜩이며 가르쳐 주었는데 지금은 아무 생각도 나지 않았다.

그때 눈을 깜빡이던 한소예가 갑자기 눈을 감았다. 눈을 깜빡이는 과정에서 눈을 감았을 때 언뜻 뭔가를 본 것 같았기 때문이다.

연달아는 눈을 감은 그녀를 주시했다.

그런데 한소예가 이상한 소리를 중얼거리기 시작했다.

"가운데에 있는 8색의 함께 모여 있는 큰 빛이 갑자기 찬란하게 빛나면서 멀리 사라지기 시작했어요. 그런데 8색의 빛이 가고 있는 방위는 감(坎) 273.565이고, 시기는 손(巽)이며 996.277, 장소는 태(兌) 535.38832예요."

연달아는 움찔 놀랐다. 그는 한소예가 말하는 것이 2012년 대한민국으로 돌아갈 좌표라고 직감했다. 그러나 어떻게 그녀가 그것을 알았는지는 알 수가 없다. 어쩌면 그것이 제4수행자 델타의 능력인지도 모르는 일이다.

그런데 그녀가 말하는 방위와 시기, 장소가 무엇인지 알 수가 없다. 감(坎)이나 손(巽), 태(兌) 같은 것은 처음 들어보는 말이다.

사실 그것은 육십사괘(六十四卦)로써 그 안에 우주와 천지 간의 모든 것들이 담겨 있다고 한다.

"모두 손을 잡으시오."

뭔가 감이 온 연달아가 두 손을 내밀자 정옥군과 한소예가 급히 그의 손을 잡았다.

세 사람은 서로의 손을 굳게 잡았다. 그 순간 연달아의 머릿속으로 밤하늘의 어떤 특이한 별자리와 방금 전에 한소예가 읊어주었던 복잡한 숫자들이 와르르 쏟아져 들어왔다. 귀환좌표였다.

스으으.

정옥군과 한소예는 눈도 깜빡이지 않은 채 연달아를 주시하다가 깜짝 놀랐다. 그의 모습이 흐릿해지면서 사라지고 있었기 때문이다.

그러나 두 사람은 연달아만 보고 있느라 자신들의 모습도 동시에 사라지고 있다는 사실을 미처 깨닫지 못했다.

사아.

찰나지간에 평상 위에 앉아 있던 세 사람의 모습이 사라져 버리고 고요한 정적이 찾아들었다.

제34장

요새

R U N N E R
런너

　연정토의 저택 거실에 고방아와 아랑을 비롯한 모두가 모여 있었다.

　고방아와 아랑은 소파에 나란히 앉아 있고 맞은편에 연정토가 앉아 있으며, 연연화와 고선우는 연정토의 옆에 서 있다.

　그런데 모두들 하나같이 매우 침통하고 심각한 표정들이다. 고방아 옆에 앉은 아랑은 그녀에게 기대서 훌쩍훌쩍 울고 있다.

　고방아 등 모두는 연정토를 주시하고 있다. 경험이나 지식이 가장 많은 그가 모두에게 닥친 이 문제를 해결해 주기를 간절하게 바라고 있었다.

문제라는 것은 연달아가 제3수행자 감마를 데려오겠다고 갑자기 사라진 이후 한 달이 지났는데도 아직 돌아오지 않고 있다는 사실이다.

연달아가 사라지기 직전에 고방아에게 '조선시대'에 대해서 물었기 때문에 그가 과거 '조선시대'로 감마를 데리러 워프를 했을 것이라고 추측하고 있다.

그러나 단지 그것뿐 그 외에는 아무것도 아는 것이 없다.

여기에 있는 사람들은 고방아를 제외하곤 모두 연달아를 주군으로 모시고 있다.

또한 이들 중에서 연달아보다 뛰어난 사람은 아무도 없다. 모두들 연달아를 돕고 있지만 사실은 그에게 의지하는 것이 더 크다. 그렇기에 그가 행한 워프에 대해서 어떻게 해볼 엄두를 못 내고 있었다.

고방아와 아랑은 연달아와 늘 붙어 다녔지만 감마가 당연히 대한민국 사람일 것이라고만 생각했지, 조선시대 사람일 것이라고는 조금도 예상하지 못했었다.

아니, 연달아 자신도 몰랐다. 그런 상황이기 때문에 연정토로서는 아무것도 할 수 있는 것이 없었다.

지루하고도 무거운 침묵이 계속되고 있다. 모두 연달아가 걱정되고 또 답답하지만 아무도 입을 열지 않았다.

모두들 지난 한 달 동안 연달아가 이제나 올까 저제나 올까 온갖 걱정과 상상을 쏟아냈기 때문에 더 이상 말할 것도 없는 상황이다.

보장태왕은 고구려에 가 있고, 연달아는 조선시대에 있다. 두 명의 런너가 다 없는 것이다.

"안 되겠군."

어금니를 깨물면서 고민을 거듭하던 연정토가 품속에서 휴대폰을 꺼냈다. 연달아의 아버지 이리가수미에게 연락을 취하려는 것이다.

이리가수미는 자신의 전능을 연달아에게 주었기 때문에 더 이상 런너가 아니다.

하지만 그에겐 오랜 경험이 있기에 이런 상황에서 뭔가 조언을 해주지 않을까 기대를 거는 것이다.

고방아는 울고 있는 아랑의 어깨를 팔로 안아 감싸면서 착잡한 표정으로 입술을 깨물며 독하게 중얼거렸다.

"이 자식, 돌아오기만 하면 아주 박살을 내버릴 거야."

화아악!

그런데 그녀의 말이 끝나기 무섭게 갑자기 실내가 대낮처럼, 아니, 실내에 작은 태양 하나가 들어온 것처럼 새하얗게 밝아졌다.

모두들 소스라치게 놀랐다. 하지만 아무도 비명을 지르거나 소리를 내지 않았다.

그들은 놀랐지만 본능적으로 위기를 느끼고 공격, 혹은 방어를 하려고 동작을 취하면서 재빨리 주위를 둘러보았다.

그러나 모든 것이 새하얀 광채로 변해 있어서 아무것도 보이지 않았다. 아니, 눈을 뜨고 있는 것만으로도 눈이 멀어버릴 것 같았다.

그런 상황에서도 고방아와 연연화는 권총을 뽑아 들었고, 연정토와 고선우는 지금이 어떤 상황인지 알아내려고 재빨리 주위를 두리번거렸다.

광채는 5초 정도 지속되다가 한순간 사라져 버렸다. 언제 그런 일이 있었느냐는 듯 5초 전의 상황으로 환원되었다.

그렇지만 그 광채 때문에 모두들 눈을 뜨고 있으면서도 눈 앞이 새하얗게 변한 상태라서 한동안 아무것도 볼 수가 없었다.

그리고 잠시 후에 그들은 넓은 실내의 한쪽 구석에 모여 서 있는 세 명을 발견했다.

세 명은 연달아와 정옥군, 한소예인데 조선시대에서 워프를 하여 이제 방금 도착한 것이다.

방금 전에 태양이 폭발하는 것 같았던 광채는 이들이 도착하느라 생긴 현상이었다.

과거에서 쏘아온 빛보다 빠른 속도가 현재의 공간과 겹치면서 생겨난 혼재(混在)의 결과다.

"아!"

"오빠!"

"주군!"

연달아를 발견한 고방아 등은 똑같이 탄성을 터뜨렸다. 모두들 더할 수 없이 기쁜 표정을 지었으나 그 자리에 굳어서 아무도 움직이지 못했다.

연달아는 빙그레 미소 지으며 그들에게 손을 들어 보이며 다가갔고, 정옥군과 한소예는 손을 잡고 버쩍 경직된 모습으로 주춤주춤 뒤따랐다.

"마침 모두 모여 있었군."

순간 고방아가 득달같이 연달아에게 달려가면서 악을 쓰듯이 외치며 오른손에 쥐고 있던 시그자우어를 겨누었다.

"그래, 너 죽이려고 모여 있었다! 이 자식아! 이 도깨비 같은 자식!"

그런데 달려가던 고방아의 몸이 느닷없이 오른쪽 벽으로 쏜살같이 날아갔다.

픽!

"악!"

그녀가 연달아 앞에서 직각으로 꺾여서 허공을 5~6미터

나 날아가서 커다란 책장에 부딪쳤다가 퉁겨져서 바닥에 떨어지려는 것을 연달아가 미끄러지듯이 다가가 두 팔로 가볍게 안았다.

아랑이 연달아에게 다가오며 눈물을 흘리면서 말했다.

"오빠에게 손대면 언니라고 해도 용서하지 않을 거야!"

고방아가 연달아에게 총을 발사할 것만 같아서 아랑이 염력으로 그녀를 날려 버린 것이다.

"어구… 조 밤톨만 한 게……."

고방아는 등짝이 부서지는 듯한 통증을 느끼며 오만상을 찌푸렸다.

그런데 그녀는 그때 통증이 한순간에 사라지면서 온몸이 몹시 상쾌해지는 것을 느꼈다.

그녀는 연달아가 전능으로 자신의 통증을 사라지게 해주었다는 사실을 깨달았다.

하지만 조금도 고마운 마음을 느끼지 못했다. 오히려 흠씬 패주고 싶은 마음뿐이다.

키가 크고 늘씬한 그녀를 연달아는 아이처럼 가볍게 안고는 빙그레 미소를 지으며 굽어보았다.

"괜찮으냐?"

고방아는 그를 쏘아보며 화가 나서 얼굴이 새빨개졌다.

"흥! 당장 못 내려놔?"

코가 떨어져 나가게 냉소를 치면서 뺨을 한 대 때리려고 손을 들어 올리는데 아랑의 쨍한 외침이 터졌다.

"언니!"

고방아는 손을 뚝 멈추고 몸을 뒤척여 바닥으로 내려섰다.

"그래! 호위병 하나 잘 뒀다!"

"오빠!"

고방아가 내려서자마자 아랑이 기다렸다는 듯이 울면서 연달아에게 달려가 몸을 날려 매달리듯이 안겼다.

"어이쿠! 인석아."

"오빠! 다친 데는 없어? 괜찮은 거야?"

연달아가 손바닥으로 아랑의 궁둥이를 받치자 그녀는 두 손으로 그의 뺨을 잡고 이리저리 살피면서 눈물을 홍수처럼 쏟으며 호들갑을 떨었다.

"하하! 나는 괜찮다."

"몰라. 나 오빠 때문에 걱정돼서 죽는 줄 알았어. 오빠가 책임져."

아랑은 누가 보든 말든 전혀 개의치 않고 그의 뺨을 두 손으로 잡고 마구 입을 맞추고 비벼댔다. 아랑의 눈에는 오로지 연달아만 보였다.

그리고 그가 무사히 돌아와서 가슴이 터지도록 기쁘다는 사실만이 중요할 뿐이다.

　그래서 자신이 얼마나 그를 애타게 기다리고 걱정했는지 직접 행동으로 표현하고 있는 것이다.

　하지만 한낱 철없는 소녀의 행동이라고 보기에는 너무도 처절한 몸부림이었다. 지금 그녀는 자신의 심정을 가장 적절하게 보여주고 있었다.

　"에구. 저 화상들. 또 시작이로군."

　고방아는 인상을 쓰면서 투덜대면서도 눈빛은 부드러웠다.

　연정토와 연연화, 고선우는 아랑이 그러는 것을 보면서도 그러려니 하는 표정들이다. 그것보다는 연달아가 무사히 돌아온 것이 기뻤다.

　정옥군과 한소예는 연달아 옆에 나란히 서서 얼어붙은 것 같은 모습이다. 두 사람에게는 모든 것이 이상하고 낯설기만 한 상황이었다.

　3백 년 후의 미래의 세계에 도착하자마자 고방아와 아랑이 연이어서 보여준 막무가내적인 행동이 두 사람을 더욱 당황스럽게 만들었다.

　더구나 아랑이 연달아에게 안겨서 마구 입맞춤을 하는 것을 보고 놀라서 눈을 어디에 두어야 할지 몰라 애를 먹었다.

　연달아는 손바닥을 활짝 펴서 아랑의 머리를 통째로 잡아 입맞춤을 그만하도록 떼어내고는 연정토를 쳐다보며 정중히 고개를 숙였다.

"사형님, 다녀왔습니다."

연정토는 부드럽게 미소 지으며 연달아보다 더 깊숙이 고개를 숙였다.

"무사히 돌아오셔서 다행입니다."

그의 옆에서 연연화와 고선우도 반가운 표정으로 허리를 깊숙이 굽혔다.

연달아는 옆으로 한 걸음 비켜서며 모두에게 정옥군과 한소예를 소개했다.

"이 사람들은 조선에서 왔다. 감마와 델타다."

모두들 놀라는 표정을 지으며 가까이 다가왔다.

정옥군이 경직된 표정으로 가볍게 고개를 숙였다.

"정옥군이오."

그의 손을 꼭 잡고 있는 한소예는 가련할 정도로 가늘게 떨면서 허리를 굽혔다.

"한… 소예예요."

정옥군과 한소예는 조선시대의 옷을 입고 있으며 발에는 짚신을 신고, 머리도 그 시대에 맞는 모습이다. TV에서 보는 사극보다는 더욱 현실적인 모습이었다.

두 사람은 연달아만 믿고 무려 3백 년의 시공을 넘어서 미래로 왔지만 아직 아무것도 실감이 나지 않았다. 공중에 붕 떠서 먹먹한 기분이다.

그들은 자신들의 운명을 모두 연달아에게 맡겼다. 생사가 그의 손에 달렸으며, 이제부터는 그가 하라는 대로 해야만 하는 것이다.

연달아는 두 사람 앞에 늘어서 있는 연정토와 고방아 등을 가리키며 조용히 설명했다.

"여기에 있는 사람들은 나만 빼고 모두 소예 낭자처럼 여러 생을 살아 지금에 이르렀소. 우리는 그런 사람을 연속환생자라고 하오."

연정토가 두 사람 앞에 서서 온화하게 미소 지었다.

"나는 연정토일세."

연달아가 덧붙였다.

"이분은 고구려 시대에 나의 네 번째 형님이셨소. 참고로 우린 이리가수미의 아들이오."

"아……."

한소예가 놀란 듯 나직한 탄성을 흘렸다. 그녀는 눈을 깜빡이면서 연정토를 조심스럽게 응시했다.

연달아가 한소예를 가리키며 미소 지었다.

"사형님, 소예 낭자는 고구려 동부욕살 을지장천의 따님이었습니다."

"오! 그렇습니까?"

고구려라는 말에 모두들 환한 표정을 지었다. 기억은 못하지만 모두 고구려인이었기 때문이다. 소위 '피가 당긴다' 라는 뜻이다.

연정토가 옆으로 비켜서고 연연화와 고선우가 차례로 자신들을 소개했다.

연달아는 빙그레 미소 지으며 연연화와 고선우를 가리켰다.

"저 아이는 내 조카고, 이 친구는 내 부하였소. 처려근지였는데 유성왕자였소."

한소예는 깜짝 놀라는 표정을 지었다.

"유성왕자라면 보장황제의 아우님이신 고연 전하의 아드님이 아니신가요?"

"그렇소."

연달아가 고개를 끄덕이자 한소예는 몹시 반가운 표정으로 고선우를 바라보았다.

"소녀는 어머님을 따라서 자주 황궁에 간 적이 있는데 유성왕자님을 두 번 뵙고 인사를 드린 적이 있었어요. 정혼녀이신 연 아가씨와 함께 계셨었지요."

그녀는 연연화를 바라보았다.

"소녀의 기억이 틀리지 않는다면 저 아가씨가 유성왕자님의 정혼녀일 거예요."

“그렇소. 저 아이가 선우의 정혼녀였소.”

한소예는 고선우와 연연화를 번갈아 보면서 기대 어린 표정을 지었다.

“소녀를 기억하시나요?”

고선우와 연연화는 미안한 표정을 지었다.

“우리는 전생을 기억하지 못합니다.”

“아… 그렇군요.”

연연화와 고선우는 전혀 기억을 못하는데, 자신들이 고구려 황궁에서 사이좋게 지내는 모습을 본 한소예가 그것에 대해서 이야기하자 묘한 기분에 사로잡혔다.

이들 중에서 고구려의 일을 기억하는 사람은 연달아와 한소예 둘뿐이다.

정옥군을 제외한 다른 사람들은 고구려 출신이지만 고구려에 대해서는 아무것도 모른다.

한소예는 조심스럽게 고방아를 바라보다가 머뭇거리면서 그녀에게 다가가 세 걸음쯤 앞에서 멈추고 갑자기 무릎을 꿇으면서 큰절을 올렸다.

“가연공주님을 뵈옵니다.”

고방아는 깜짝 놀라 한소예를 물끄러미 굽어보았다.

“날 본 적이 있어?”

한소예는 고개도 들지 못하고 공손하게 아뢰었다.

"평양성 황궁에 계신 가연공주님을 자주 뵈었습니다."

"그래?"

고방아는 신기한 듯한 표정을 짓더니 연달아를 가리켰다.

"그럼 달아도 알아?"

"네. 가연공주님의 정혼자이십니다. 황궁에서 가연공주님과 함께 계시는 것을 뵈었습니다."

연달아에게 안겨 있는 아랑이 솔깃하여 외치듯 물었다.

"나는? 나도 본 적 있어요?"

한소예는 조심스럽게 고개를 들고 아랑을 보더니 방그레 미소 지었다.

"물론 아기씨 청명공주님도 많이 뵈었어요. 언제나 연달아님께 안겨 계시거나 업혀 계셨지요. 지금처럼요."

"에헤헤! 그랬었구나?"

아랑은 너무 좋아하며 두 팔로 연달아의 목을 꼭 끌어안고 발을 동동 굴렀다.

한소예는 고방아의 발아래 바닥에 이마를 대며 공손히 말했다.

"정식으로 인사 올리겠습니다. 소녀는 동부욕살 을지장천의 여식인 을지은한(乙支銀漢)이라고 합니다."

한소예의 고구려 시절 이름이 을지은한이었다. '은한'은 은하수라는 뜻이다.

연달아가 한소예, 아니, 을지은한을 가리키며 첨언했다.

"은한 낭자는 을지문덕 대장군의 손녀다."

"아……."

한민족의 가장 위대한 장군 중 한 사람인 을지문덕의 손녀라는 말에 모두들 크게 감탄하며 새삼스러운 표정으로 을지은한을 바라보았다.

고방아는 을지은한을 일으키고 나서 딱딱하게 말했다.

"앞으로 나한테 절하지 마. 알았지?"

"소녀는……."

고구려 시절의 고방아의 성격이 현숙하고 차분하며 선하다는 사실만 기억하고 있는 을지은한은 그녀가 자기를 싫어하거나 화가 난 것으로 오해하여 어쩔 줄 모르고 당황하며 울먹거렸다.

"나 참. 울지 마."

고방아는 여자가 우는 것에 익숙하지 않아서 어떻게 해야 할 줄 모르다가 손을 뻗어 을지은한의 어깨를 가볍게 토닥여주었다.

그래도 을지은한이 눈물을 뚝뚝 흘리자 발을 구르면서 빽 소리쳤다.

"울지 마라니까!"

을지은한은 소스라치게 놀라서 얼굴이 새하얗게 질렸다.

그 바람에 눈물이 쏙 들어갔다.

　모두들 소파에 둘러앉아 다과와 커피, 차를 마시면서 이야기를 계속했다.
　"한 달이나 지났다고?"
　그런데 연달아는 자기가 조선시대에 다녀온 시일이 한 달이나 걸렸다는 말에 적잖이 놀랐다.
　"나는 한나절 조금 넘게 있다가 왔을 뿐인데."
　"좌표가 어긋났었던 모양입니다."
　연정토의 말에 연달아는 의아한 표정을 지었다.
　"그럴 수도 있습니까?"
　"폐하께서는 좌표가 잘못되면 몇 년의 오차도 생길 수 있다고 말씀하셨습니다. 또한 현재가 아니라 과거나 미래로 가버릴 수 있다고도 말씀하셨습니다."
　연달아는 자신의 왼쪽에 앉아 있는 정옥군을 가리키면서 고개를 갸웃거렸다.
　"그렇지만 나는 정 형이 처형당한다는 말을 듣고 워프를 하여 정 형이 처형당하기 직전에 조선시대에 도착했으므로 그곳으로 갈 때는 좌표가 잘못되지 않은 것 같습니다."
　"그럼 오실 때는 어떻게 하셨습니까?"
　연달아가 을지은한을 쳐다보자 그녀는 크게 당황했다. 자기가 무엇을 잘못한 것이라고 생각한 것이다.

"아… 소녀가 잘못했나 봐요. 어떻게 하면 좋아요……."

그런데 그녀의 당황하는 모습에 정옥군을 제외한 모두들 빙그레 미소를 지었다.

얼굴이 빨개져서 눈물을 글썽거리는 을지은한은 두 손을 모아 기도하듯이 가슴 앞에 세우고 발을 동동 구르는 동시에 앉은 자세에서 쉴 새 없이 궁둥이를 방아를 찧듯이 들썩거렸다. 그녀만의 특이한 행동이다.

그런데 그런 행동이 그녀의 당황하고 부끄러운 마음하고는 상관없이 너무 순진무구하고 재미있어서 모두의 미소를 자아낸 것이다.

을지은한의 그런 모습은 건방지고 오만하기 짝이 없는 고방아와 철없이 까부는 아랑이 보고 배워야 할 점이다.

연달아는 을지은한을 위로했다.

"은한 낭자에겐 잘못이 없소."

연달아의 왼쪽 정옥군 옆에 앉은 을지은한은 눈물을 글썽이면서 연달아를 바라보았다.

"제발… 말씀 낮추세요."

연달아는 자기가 을지은한에게 존대를 하는 것이 그녀를 불편하게 만들고 있다는 것을 깨닫고 고개를 끄덕였다.

"내가 조선시대로 간 날이 언제였지?"

고방아가 대답했다.

"10월 21일이었어. 그리고 오늘은 11월 21일이지."

연달아는 진지한 표정으로 고개를 끄덕였다.

"음. 무슨 이유에선지는 몰라도 10월 21일로 돌아와야 하는데 11월 21일로 돌아온 것이로군."

그는 모두를 둘러보며 의견을 물었다.

"그렇다면 한 달 전으로 다시 돌아갈까?"

그러자 모두가 핏대를 세우면서 입을 모아 합창을 했다.

"그만둬!"

연달아는 을지은한을 가리키며 말했다.

"내 생각에 은한의 델타로서의 능력은 영적인 것 같다."

연달아의 허벅지에 책상다리를 하고 앉아서 그에게 등을 기대고 있는 아랑이 눈을 반짝였다.

"영적인 게 뭐야, 오빠?"

"아직 자세한 것은 모르겠지만, 은한이 우리의 눈과 귀가 되어줄 것 같다."

이어서 연달아는 을지은한의 모친이 고구려 시절의 하백녀, 즉 신녀였으며, 조선시대에는 무당, 그리고 그녀가 살아온 전생을 모두 기억하고 있다는 사실을 설명해 주었다.

연달아의 오른쪽에 다리를 꼬고 앉은 고방아가 팔짱을 낀 채 고개를 끄덕였다.

"말하자면 은한이 우리 모두의 레이더라는 것이로군."

"레이더?"

연달아가 의아한 표정을 짓자 연정토가 레이더에 대해서 자세히 설명해 주었다.

연달아뿐만 아니라 정옥군과 을지은한도 귀를 기울여 듣고는 레이더가 무엇인지 알고는 놀라움을 감추지 못했다.

연달아는 고개를 끄덕였다.

"앞으로 은한이 레이더가 되고 사형님께서 머리가 돼주셔야겠습니다."

연정토와 을지은한이 공손히 고개를 숙이는 것을 보며 연달아는 말을 이었다.

"그리고 모두들 자신의 수행자로서의 능력이 무엇인지 자세히 알아보고 또 그것을 증진시키도록 애써야겠다."

연달아의 위에 책상다리를 하고 앉아 있는 아랑이 궁둥이에 힘을 주며 쿵쿵 굴렀다.

"오빠 기다리는 한 달 동안 우리가 뭘 했을 것 같아?"

한 달 동안 자신들의 능력이 무엇인지에 대해서 자세히 알아보았다는 뜻이다.

아랑은 상체를 비틀어서 연달아와 마주 보면서 오른팔을 들어 올려 알통을 만드는 시늉을 해 보였다.

"정토 삼촌이 내 능력은 염력과 투시력, 투과력이래."

연달아가 없는 동안에 아랑은 연정토마저도 '삼촌'으로 만들어 버린 것 같았다.

연정토가 공손히 설명했다.

"랑이의 염력은 주군께서 상상하시는 것 이상입니다. 사람의 의지까지도 마음대로 조종할 수 있으며, 보이지 않는 먼 곳에 있는 사물이나 사람도 조종할 수 있는 단계입니다."

"그렇습니까?"

연달아는 환한 표정을 지었다. 그게 사실이라면 정말 대단한 일이다. 사물은 물론이고 사람까지 마음대로 부릴 수 있다고 하지 않은가.

"한번 해볼까?"

아랑이 신바람이 나서 소매를 둥둥 걷어붙이자 연달아가 팔을 잡았다.

"나중에 보자."

연정토의 보고가 이어졌다.

"연화는 엄청난 괴력과 속력, 불과 물 같은 자연 속에 있는 원소를 자유자재로 이용할 수 있습니다."

연달아는 고개를 끄덕이며 연연화를 쳐다보았다.

"대단하구나."

"예전에는 그런 능력이 없었는데 주군께서 전능을 주입해 주신 이후에 생긴 능력입니다."

연연화는 연달아를 보면서 보일 듯 말 듯 수줍은 미소를 지었다.

이렇게 멋지고 훌륭한 청년이 자신의 삼촌이라는 사실이 그녀를 흐뭇하게 만들었다.

연정토는 자신의 오른쪽에 꼿꼿하게 앉아 있는 고선우의 어깨에 손을 얹었다.

"선우는 물질변환의 능력이 있는 것으로 드러났습니다."

"물질변환이 뭡니까?"

연정토가 고선우에게 가볍게 고개를 끄덕여 보이자 그는 손을 뻗어 아무렇지도 않게 탁자에 있는 찻잔 하나를 가볍게 건드렸다.

스으.

그러자 찻잔의 모습이 흐릿해지면서 푸스스 가루가 되어 사라지는가 싶더니 그 자리에 찻잔 대신 장미 한 송이가 놓여 있었다.

모두들 신기한 듯 꽃을 쳐다보았다. 특히 정옥군과 을지은한은 눈앞에서 찻잔이 꽃으로 변하자 믿어지지 않는다는 표정을 지었다.

"또한 선우에겐 공간왜곡(空間歪曲)과 공간이동(空間移動)의 능력도 있습니다."

"그건 뭡니까?"

"그것도 직접 보여 드리는 것이 좋겠습니다."

연정토의 말이 끝나자 고선우가 일어나서 양팔을 넓게 벌리더니 앉아 있는 모두의 머리 위에서 그들을 모두 감싸듯이 큰 원을 그렸다.

그리고는 두 손바닥을 모아서 창문 쪽으로 뻗어 끌어당기는 동작을 해 보였다. 그 순간 눈으로 보면서도 믿기 어려운 일이 벌어졌다.

후우우.

발코니로 통하는 커다란 창문이 통째로 줌인 되듯이 가까이 당겨지면서 급격하게 S자로 휘어졌다.

사아.

그렇게 창문이 연달아와 모두를 통과해서 찰나지간에 뒤쪽으로 사라졌다.

그런데 그것만이 아니다. 연달아와 모두는 창문 밖 발코니에 앉아 있었다.

실내에 앉아 있었던 모습 그대로고, 소파도 통째로 발코니로 옮겨진 상태다.

연달아는 창문 안쪽 실내와 바깥쪽을 번갈아 보면서 감탄을 터뜨렸다.

"대단하다! 선우!"

"주군께서 전능을 주셨기 때문입니다."

고선우는 공손하게 고개를 숙였다.

"아니다. 내 전능이 너의 잠재력을 깨운 것뿐이다."

고선우가 일어선 채 양팔을 벌리고 한차례 휘젓자 주위 공간이 크게 휘어지면서 일행은 순식간에 다시 원래의 위치로 되돌아갔다.

"한 가지 더 있습니다. 선우는 놀라운 학습능력을 지니고 있습니다. 특히 컴퓨터와 기계류에 대한 학습과 이해, 응용능력이 매우 뛰어납니다."

연정토는 고선우가 자리에 앉는 것을 보면서 말했다.

"사형님께선 어떤 능력을 갖고 있습니까?"

"저는 아직 주군의 은혜를 받지 못해서 재주라고 할 것도 없는 보잘것없는 능력만 지니고 있을 따름입니다."

"은혜라니 당치도 않습니다."

연달아는 정옥군과 을지은한을 가리켰다.

"그렇다면 지금 당장 사형님과 정 형, 은한에게 전능을 주입하도록 하겠습니다."

연정토의 한남동 저택은 지상 3층이고 지하가 5층으로 이루어져 있다. 지상보다 지하가 더 깊고 또 더 많은 시설들이 들어차 있었다.

연달아는 이 저택에 자주 와보지 않았기 때문에 그런 것들을 모르고 있었다.

지하 1층은 전체가 차고다. 하지만 이곳을 이용하려면 저택의 후문 쪽으로 들어와서 차량용 엘리베이터를 타고 내려와야만 한다.

저택에 은밀하게 출입할 때 요긴하게 사용된다. 이 차고에는 방탄차량을 비롯한 도합 30여 대의 각종 차량들이 상시 준비되어 있다.

지하 2층은 숙소로써 5성급 호텔 스위트룸을 찜 쪄 먹을 정도의 최고급 방 10실과 일반 숙소 스무 개가 양쪽으로 늘어서 있다.

지하 3층에서부터 5층까지는 그야말로 제국 건설에 필요한 모든 시설들이 총망라되어 있었다.

작전과 지휘를 하는 사령통제실, 수많은 무기들이 구비되어 있는 무기고.

또한 각종 최첨단 시설이 갖추어져 있는 전산실, 사격이나 어떤 훈련이라도 가능한 체력단련실, 미니수영장과 온천, 휴게실, 수천 벌의 각 나라 복장과 최고급 옷이 준비된 의상실, 수만 권의 책자와 자료들이 비치된 도서관 등이 가득 채워져 있었다.

물론 지하의 모든 시설은 전문요원들이 담당, 관리하고 있다. 그들은 남녀로 구성되었으며 5:5의 비율이며 총 60명이

다. 그리고 그들의 옷깃에는 삼색(三色)의 삼족오 배지가 부
착되어 있다.

이곳은 한마디로 요새(要塞)였다.

제35장

다물(多勿)

R U N N E R
런너

　연달아는 연정토와 정옥군, 을지은한에게 차례로 전능을
주기로 했다.

　을지은한은 눈을 치료하느라 전능을 주입했던 것이지 그
녀의 능력을 깨우려는 것이 아니었기 때문에 정식으로 새로
주입해 주려는 것이다.

　어쩌면 눈을 치료하는 과정에서 그녀의 델타로서의 능력
이 모두 깨어났는지도 모른다.

　하지만 연달아는 아주 작은 하나의 능력이라도 더 일깨워
주고 싶어서 한 번 더 수고를 하려는 것이다.

그는 아랑과 고방아 때 한차례 경험이 있었기 때문에 이 세 명에게 전능을 주입하고 나서 갈아입을 옷을 준비시켰다. 옷이 전부 녹아버려서 알몸이 되기 때문이다.

세 명을 지하 4층의 각자의 방에서 기다리게 하고 연정토부터 한 명씩 차례로 전능을 주입했다.

연정토와 정옥군은 전능 주입 후에 역시 옷이 녹아버려서 알몸이 되었다.

연달아가 정옥군에게 옷을 갈아입으라고 이른 후에 나가려니까 그가 조심스럽게 불렀다.

"연 형."

연달아가 돌아서자 정옥군은 매우 말하기 어려운 듯 망설이다가 입을 열었다.

"이런 것을 하고 나면 소예, 아니, 은한도 알몸이 되오?"

"그럴 것이오."

연달아는 일전에 고방아의 알몸을 봤을 때만 마음이 조금 이상해졌을 뿐이지, 아랑과 연연화의 알몸을 보고는 아무렇지도 않았다. 그녀들을 단지 누이동생과 조카라고만 생각하기 때문이다.

그러므로 을지은한이 알몸이 된다고 해도 아무렇지 않을 것이라고 생각한다.

그러나 정옥군의 생각은 다르다. 그는 아직 을지은한과 몸을 섞은 적이 없으며 그녀의 알몸을 본 적도 없었다.

정식으로 혼인을 하여 부부가 되면 첫날밤을 보내려고 결심했었다. 그녀를 너무 사랑하기 때문에 함부로 대하고 싶지 않았던 것이다.

그런데 연달아가 을지은한의 알몸을 먼저 보는 것이 마음에 걸렸다.

아니, 정옥군이야 대범하니까 그것을 이해할 수 있지만, 문제는 을지은한이다.

연달아에게 알몸을 보인 그녀가 과연 견뎌낼 수 있을지 그것이 걱정인 것이다.

그렇다고 그녀에게 전능을 주입하지 말아달라고 부탁할 수는 없는 일이다.

이것은 매우 중요한데 알몸을 보이는 것쯤으로 그만둔다는 것은 말도 안 된다.

연달아는 빙그레 미소 지었다.

"나는 괜찮소. 그리고 은한도 이해할 것이오."

정옥군은 더 이상 뭐라고 할 수가 없었다. 연달아의 말이 맞기만 바랄 뿐이다.

연달아가 전능을 주입한 이후에 알몸이 된 을지은한은 몹시 놀라고 또 당황한 것처럼 보였다.

그녀는 청초하고 순진무구한 얼굴에 가득 복잡한 표정을 떠올린 채 원래 커다란 두 눈을 더욱 크게 뜨고 연달아를 바라보았다.

평소에 걸핏하면 울던 그녀가 지금은 두 눈에 눈물기가 조금도 보이지 않았다. 너무 놀라고 당황했기 때문이다.

그녀는 가슴과 은밀한 부위를 가리지 않은 채 차려자세로 서서 연달아만 물끄러미 바라보았다.

연달아는 그녀의 나신을 보고 있으면서도 아무런 느낌도 들지 않았다.

단지 을지은한의 나신이 고방아와 아랑하고는 조금 다르다는 생각이 들었다. 그냥 눈에 보이니까 그런 생각이 문득 들었을 뿐이다.

고방아는 팔등신, 아니, 구등신의 글래머이고, 아랑은 아담하고 예쁜 몸매이며, 을지은한은 가녀린 풀잎이나 꽃 한 송이 같은 성결한 몸이다. 그녀의 몸에서는 은은한 광채가 뿜어지는 것 같았다.

을지은한은 자신의 그런 나신을 가리려고도 하지 않고 두 팔을 늘어뜨린 채 연달아를 바라보기만 했다. 이미 보인 나신이기 때문에 가리는 것을 포기한 모습이다.

문득 연달아의 시선이 을지은한의 배꼽 아래로 향했다. 성기 위의 수북한 털과 배꼽 사이에 한 마리 초록색의 삼족오

문양이 나타나 있었다.

연달아는 테이블에 가지런히 놓여 있는 옷을 가리키면서 입구로 향했다.

"저 옷으로 갈아입고 쉬어라."

이곳은 을지은한에게 주어진 방이다. 침실과 욕실, 응접실이 초호화판으로 꾸며져 있다.

"소녀는……."

을지은한의 말에 연달아는 걸음을 멈추고 돌아섰다.

그런데 갑자기 을지은한이 털썩 무릎을 꿇더니 아련한 표정으로 그를 바라보았다.

"은한아, 왜 그러느냐?"

"이제부터는 연달아님께서 소녀를 책임지셔야 합니다."

"뭐어?"

연달아는 전혀 예상하지 않았던 상황에 적잖이 놀라서 어떻게 해야 할지를 몰랐다.

지하 5층 사령통제실에 연달아와 고방아를 비롯한 여섯 명의 수행자들이 모두 모여 있다.

반원형의 둥근 테이블 곡선 쪽에는 여덟 개의 푹신한 회전의자가 놓여 있다.

연달아가 복판에, 양옆에는 고방아와 아랑이, 그리고 그녀들 좌우에는 나머지 수행자들이 앉아 있다.

사령통제실은 매우 넓다. 세 군데로 이루어졌는데 이곳은 상황실이다.

연달아와 일곱 명의 전면에는 한쪽 벽면 전체를 초대형 LED TV가 차지하고 있다.

그리고 상황실 내의 컴퓨터와 여타 기계를 다룰 요원과 탁자 양쪽에 두 명의 요원이 우뚝 서 있다.

아랑은 분위기가 너무 엄숙하고 진지해서 연달아 무릎에 앉을 엄두를 내지 못하고 옆에 오도카니 앉아 있다.

연정토와 정옥군, 을지은한은 전능을 주입한 지 얼마 지나지 않았기 때문에 아직 자신들의 정확한 능력을 파악하지 못한 상황이다.

하지만 연정토와 정옥군은 전능을 주입받기 전하고는 자신들이 많이 달라졌음을, 아니, 달라지고 있는 것을 여러 방법으로 실감을 하는 중이다.

"흠!"

연정토가 주먹을 입에 대고 가볍게 헛기침을 했다.

모두 오른쪽 끝에 앉아 있는 연정토를 주시했다.

"주군께서 계신 이 자리에서 저는 그동안 준비해 온 모든 것을 보고하려고 합니다."

사람들은 아연 긴장했다. '이제 드디어 시작인가?'라는 긴장감이 팽배해졌다.

그리고 정옥군과 을지은한은 3백 년 후 미래에서 접하는 첫 번째 일에 더욱 긴장했다.

그때 벽걸이 TV의 맨 위 상단에 '다물(多勿)'이라는 글이 한글과 한문으로 병기되어 나타났다. 모두의 시선이 TV로 집중되었다.

TV를 그것도 엄청나게 큰 TV를 처음 보는 정옥군과 을지은한은 깜짝 놀라 눈을 크게 떴다.

"우리의 목적은 그 옛날 고구려의 영토였던 고토를 되찾아서 그곳에 새로운 고구려 제국을 건설하는 것입니다."

그런 사실을 연달아에게 이미 들었던 정옥군과 을지은한이지만 다시금 표정이 경직되며 엄숙한 마음이 되었다. 또한 자신들이 엄청난 일에 발을 들여놓은 것을 조금 실감하게 되었다.

"이리가수미님께서는 오래전에 우리 조직의 명칭을 '다물'이라고 지으셨습니다."

그 뜻을 익히 알고 있는 연달아는 그 말만 듣고도 가슴이 벅차오르는 것을 느꼈다.

연정토의 억양이 조금 고조되었다.

"'다물'의 뜻은 '땅과 물'입니다. 즉, 강산(江山)이며 산하(山河)라는 뜻이지요. 고구려에서의 '다물'은 '고구려의 영토' 라는 뜻이었고, 고구려 멸망 후에는 '잃어버린 영토를 되찾는다' 라는 뜻이 되었습니다. 그래서 우리 조직의 이름을 고구려의 말인 '다물' 이라고 지었다, 라고 이리가수미님께서 말씀하셨습니다."

모두들 적잖이 흥분하고 가슴에서 뜨거운 것이 용솟음치며 입속으로 '다물' 이라고 중얼거렸다.

연정토의 보고가 계속되었다.

"현재 '다물' 에 소속되어 있는 전체 정요원(正要員)의 수는 약 천 명입니다. 물론 '다물' 의 계획과 목적에 대해서 잘 이해하고 있으며 모두 자발적으로 가입한 요원들로만 이루어져 있습니다."

고방아와 아랑은 지금까지 자신들만의 힘으로 '고구려 제국 건설' 이라는 막중한 위업을 이루어야 한다고 생각했다. 그런데 '다물' 에 소속된 정요원의 수가 무려 천 명이나 된다고 하자 천군만마를 얻은 것처럼 불끈 힘이 솟았다.

연연화와 고선우라고 해도 별반 다르지 않았다. 두 사람은 그동안 연정토 곁에서 훈련을 하고 그의 명령에 따라서 행동하며 경우에 따라서는 몇몇 요원과 접촉을 했던 적이 있었다.

하지만 그 수는 열 명을 넘지 않았다. 그리고 그들이 연정토의 경호원일 것이라고만 생각했다.

" '다물' 의 정요원들은 국내외 곳곳에서 중요한 역할을 담당하고 있습니다. 그리고 각각의 정요원 휘하에는 적게는 몇 명에서 많게는 수십 명씩의 부요원(副要員)들이 있습니다. 하지만 부요원들은 '다물'이라는 이름도, 그 목적이나 계획에 대해서는 전혀 모르고 있습니다. 단지 정요원들에게 충성하거나 매수, 포섭된 사람들입니다."

그때 TV 상단 '다물'이라는 글 아래에 어떤 글이 반짝이면서 나타났다.

'다물군왕(多勿君王)'과 '다물여황(多勿女皇)'이라는 글이 한글과 한문으로 병기되어 있었다.

'다물군왕' 옆에는 연달아의 사진이, '다물여황' 옆에는 고방아의 사진이 나타나 있다.

즉, 연달아가 '다물군왕'이고, 고방아가 '다물여황'이라는 것을 한눈에 알 수가 있다.

모두들 TV 화면을 주시하고 있을 때 연정토가 엄숙한 목소리로 설명했다.

"다물의 지도자는 다물군왕과 다물여황입니다. 그러나 고구려 제국이 건설될 때까지는 다물군왕 일인지휘체제로 간다는 것이 이리가수미님과 보장태왕 폐하의 뜻입니다. 다물여황께서는 고구려 제국이 세워진 후에 천상천하만인지상(天上天下萬人之上)의 지위인 여황에 오르실 것입니다. 그러므로 현재로선 이인자이십니다."

모두의 시선이 연달아와 고방아에게 집중되었다. 그러다가 잠시 후에 고방아가 연달아를 쳐다보자 모두들 그를 주시했다.

연달아는 다물군왕이라는 지위에 부족함이 없는 늠름한 모습이다.

대형 TV의 다물군왕과 다물여황 바로 아래에는 다물수호대(多勿守護隊)라는 글이 생겨났다.

그리고 그 아래에 왼쪽에서부터 알파 아랑과 베타 연정토, 감마 정옥군 순서로 제타 고선우까지 여섯 명의 이름이 차례로 떠오르더니, 맨 끝에 일곱 번째 이타는 공란으로 빈 상태로 나타났다.

감마 정옥군과 델타 을지은한의 이름이 적혀 있는 것으로 봐서 이미 만들어놨던 도표를 조금 전에 수정한 것 같았다.

연정토의 말이 모두의 고막을 조용하게 울렸다.

"다물군왕에 대해서는 무조건 절대복종입니다. 다물여황도 예외가 없습니다. 다물의 천여 명 정요원들은 이미 다물군왕에 대한 충성 맹세를 마쳤습니다. 남은 사람은 저를 포함한 여기에 있는 여러분입니다."

연정토는 일어나 연달아를 향해 돌아서서 몸을 꼿꼿하게 펴며 엄숙한 표정으로, 그리고 웅혼한 목소리로 낮게 외치듯이 말했다.

"연정토는 다물군왕께 목숨을 바쳐 충성을 맹세합니다! 제 아무리 하찮은 것일지라도 다물군왕의 명령이라면 기꺼이 목숨을 내놓겠습니다!"

그리고는 공손히 허리를 굽혔다가 펴고 자리에 앉았다.

연연화가 벌떡 일어섰는데 간발의 차이로 고선우도 일어나 연달아를 향해 우뚝 섰다.

"다물군왕께 목숨을 바쳐 충성을 맹세합니다!"

그들은 각자의 이름을 걸고 충성을 맹세했다. 이것은 고방아에게가 아닌 다물군왕 연달아에게 하는 맹세다.

아랑은 발딱 일어나 바로 옆에 앉은 연달아를 향해 돌아섰다. 지금 그녀는 그 어느 때보다도 진지한 모습이다.

그녀의 기억으로는 이처럼 진지하고 엄숙했던 적이 한 번도 없었다.

연달아는 아랑의 그런 모습을 보고 너무 귀여워서 미소가 나오려는 것을 참았다.

아랑은 연달아의 입가에 미소가 보일 듯 말 듯하자 아랫배에 힘을 주고 어금니를 악물었다. 충성 맹세를 하는 엄숙한 상황에서 간신히 분위기를 탔는데 연달아의 미소를 보니까 그게 허물어지려고 했다.

'미워죽겠어!'

그녀는 속으로만 그를 흘겨주고 입으로는 최대한 엄숙하

게 소리쳤다.

"아랑은 오빠, 아니, 군왕님 겁니다!"

이렇게 말하려는 게 아니었는데, 이것보다 더욱 근사하고 진지하게 하려고 했는데 이상한 말이 튀어나와 버렸다.

그러나 아무도 웃거나 움직이지 않았다. 어떻게 표현했든 아랑의 말은 충성을 맹세한 것이다.

정옥군은 옆에 앉은 을지은한과 나란히 일어나려고 했다. 그런데 을지은한이 먼저 일어나 버렸다.

뒤따라 일어나는 것은 좀 그렇고 해서 정옥군은 그냥 앉아서 그녀를 올려다보았다. 그런데 마음 한구석이 이상하게 아리면서 불안이 스멀스멀 피어났다.

을지은한은 단정한 투피스를 입고 긴 머리를 틀어 올려 얼마 전하고는 전혀 딴판인 모습이 되었다.

화장을 하지 않은 민낯이지만 세련된 도회적인 느낌이면서도 청초하고 또 왠지 함부로 범접하지 못할 듯이 고고한 아름다운 모습으로 변모했다.

그녀가 옷을 입고 단장을 하는 데는 그녀 개인의 시중을 드는 여비서의 도움을 받았다.

그녀는 두 손을 가지런히 앞에 모으고 연달아를 향해 서서 최대한 공손한 모습으로 사근사근한 목소리로 말했다.

"소녀의 목숨은 연달아님 것입니다. 지금 이 순간부터 목숨이 다하는 마지막 순간까지 연달아님과 생사고락을 함께 하겠습니다.”

그녀의 충성 맹세는 다른 사람들하고는 조금 다른 뉘앙스를 풍겼다. 하지만 목숨을 걸고 연달아에게 충성하겠다는 뜻에는 다름이 없다.

‘생사고락’ 이라는 말을 듣고 정옥군의 불안함은 조금 더 가중되었다.

연달아가 전능을 주입한 것 때문에 알몸이 된 을지은한의 심중에 뭔가 변화가 일어나고 있다는 사실을 정옥군은 본능적으로 느꼈다.

정옥군은 마지막으로 일어나 진중한 모습으로 연달아에게 충성 맹세를 하고 자리에 앉았다. 그는 캐주얼한 복장을 하고 있으며 긴 머리카락을 뒤로 묶었는데 꽃미남 뺨칠 정도로 멋들어진 모습이다.

이제 충성 맹세를 하지 않은 사람은 고방아뿐이다. 하지만 그녀는 다물여황이다.

그녀까지 연달아에게 목숨을 걸고 충성을 맹세할 필요는 없다고 다들 생각했다. 그리고 그녀 자신도 그런 생각인지 않은 채 꼼짝도 하지 않았다.

“묵인자의 아들과 딸들이 ‘수행자’ 라는 이름을 갖고 있기 때문에 우리는 구별을 두기 위해서 ‘수호자’ 라고 바꾸었습니다. 그래서 우리 북두칠성 일곱 명은 앞으로 ‘다물수호대’로 불릴 것입니다.”

연정토가 벽걸이 TV를 가리키며 설명하자 ‘다물수호대’라고 쓴 글이 붉은색으로 빛났다.

“다물수호대 일곱 명은 다물군왕의 최측근이고 수족으로서 다물 전체를 지휘하게 될 것입니다. 현재 다물에 직, 간접적으로 종속되어 있는 요원은 약 만 명으로 추산하고 있습니다.”

전혀 알지 못했던 새로운 사실에 연달아를 비롯한 모두는 놀라면서도 긴장한 얼굴로 연정토의 다음 말을 기다렸다.

그때 TV ‘다물군왕’과 ‘다물여황’ 좌우 옆으로 아래로 꺾이는 직각의 화살표가 하나씩 나타나더니 화살표 끝에 하나씩의 이름이 나타났다.

‘다물군왕’ 께는 ‘군왕호위군(君王護衛軍)’, ‘다물여황’ 쪽은 ‘여황호위군(女皇護衛軍)’ 이라는 글이다.

“군왕호위군과 여황호위군은 각 서른 명으로 이루어졌으며 남자 열다섯 명과 여자 열다섯 명입니다. 이들은 고도의 군사 훈련과 무술 훈련, 최고의 교육을 마친 최정예 요원으로서 ‘군왕’과 ‘여황’의 수족 역할을 하게 될 것입니다.”

그때 실내에 있던 세 명의 요원 중에서 반원형 탁자 양쪽에 우뚝 서 있던 정장을 입은 남자 두 명이 절도있는 걸음으로

탁자 너머 쪽으로 걸어가더니 각각 연달아와 고방아를 마주
보는 자세로 우뚝 멈추어 섰다.

이어서 연달아 앞에 선 사내가 꼿꼿하게 서서 경직된, 그러
나 정중한 목소리로 입을 열었다.

"군왕호위군 대장 장철환입니다."

그는 당당한 체격에 네모 각진 얼굴, 파르라니 수염을 깎았
고 약간 돌출된 턱 가운데가 움푹 들어간 것이 특이했다.

그의 말이 끝나기 무섭게 이번에는 고방아 앞의 사내가 말
했다.

"여황호위군 대장 조형구입니다."

그는 호리호리한 체구인데 전체적으로 한 자루의 잘 벼려
진 칼을 연상시키는 날카로운 모습이다.

이어서 두 사람은 연달아와 고방아를 향해 동시에 깊숙이
허리를 굽혔다.

"모시게 되어 영광입니다."

그런데 그들이 허리를 펴는 것을 보면서 아랑이 못마땅한
듯 입술을 삐죽거렸다.

"흥! 우리 다물수호대가 있는데 달아 오빠와 방아 언니에
게 무슨 호위대가 필요하담?"

긴장되고 엄숙한 분위기도 아랑을 오래 붙잡아두지는 못
하는 것 같았다.

그녀의 긴장감은 10분 정도가 한계인 듯했다. 더구나 연달아가 옆에 있으니까 안기고 싶고 만지고 싶어서 안달이 난 상태다.

그런 와중에 연달아에게 호위군이라면서 남녀가 서른 명씩이나 달라붙으니 그나마 조금 남아 있는 긴장감마저 싹 사라지고 대신 불만이 꿈틀꿈틀 솟구친 것이다.

아랑은 연달아의 일이라면 자기가 하나에서 열까지 죄다 할 수 있다고 생각하는 것이다.

아랑은 연정토를 보며 뾰족하게 말했다.

"달아 오빠 시중은 나하고 방아 언니가 다 할 수 있어요."

"미쳤냐? 내가 왜 저 녀석 시중을 드냐?"

"그럼 나 혼자서 달아 오빠 시중이랑 심부름 같은 것 다 할 수 있어요."

고방아가 어림도 없다는 듯 말하자 아랑은 그게 더 좋다는 듯 명랑하게 말했다.

연정토가 조용히 물어보았다.

"주군께서 일본에 심부름 보낼 일이 있다고 하시면 랑아 네가 일본에 직접 갈 테냐?"

"일본?"

"운전을 하거나 비행기, 배를 몰고, 폭탄이나 최첨단 기계들을 다루는 것도 네가 할 수 있겠느냐?"

"그건……."

"호위군은 주군께 애교나 부리고 시중이나 들려고 존재하는 것이 아니다. 주군의 수족이 되어 무슨 일이든자 처리하기 위해서 존재하는 것이다."

아랑은 말문이 막혔다. 방금 연정토가 말한 것 중에서 그녀가 할 줄 아는 것은 하나도 없었다.

그리고 또 하나, 연정토는 아랑이 연달아에게 애교나 부리는 존재로 여기고 있는 듯했다.

그러나 아랑은 거기에 대해서 한마디도 하지 않았다. 다만 언젠가 때가 되면 자신의 진가를 톡톡히 발휘할 것이라고 속으로 곱씹으며 다짐했다.

연달아는 자신의 호위군 대장 장철환을 쳐다보며 부드럽게 미소 지었다.

"잘 부탁한다. 장 대장."

장철환은 다시 한 번 깊숙이 허리를 굽힌 후에 원래 위치인 탁자 오른쪽 끝으로 물러나 부동자세로 섰다.

고방아는 꼿꼿하게 앉아서 다리를 꼰 채 정면에 서 있는 조형구를 약간 건방진 눈으로 쳐다보았다.

"내가 부르기 전에는 내 앞에 나타나지 마라."

잘해보자는 것도 아니고, 대뜸 자기 앞에 나타나지 말라는 말에 다들 어이없다는 표정을 지었다. 하지만 고방아를 아는 사람들은 곧 과연 그녀답다고 생각했다.

"왜 대답이 없어?"

고방아의 힐문에 이번에도 연정토가 나섰다.

"여황께서 위험한 상황에 처하실 경우에도 호위군이 나타나지 말아야 합니까?"

고방아는 바로 옆에 앉은 연달아를 힐끗 턱으로 가리켰다.

"달아가 있잖아요."

"주군께선 몹시 바쁘신 분입니다. 여황의 신변보호를 맡으실 만큼 한가하시지 않습니다."

"그래도 달아는 항상 내 옆에 있을 거야. 그렇지?"

연달아는 '그래' 라고 대답하고 싶지만 그런 대답은 이 상황에 도움이 되지 못한다.

"항상 있어주지는 못하겠지."

두 명의 대장과 고방아를 제외한 모두의 얼굴에 미소가 떠올랐다.

연달아의 대답을 달리 생각하면, 조금 전에 아랑이 함께 시중을 들자고 물어봤을 때 고방아가 '내가 미쳤냐?' 라고 대꾸한 것에 대한 작은 복수 같은 느낌이 들었다.

"그래? 그렇다는 말이지?"

고방아는 목소리와 눈빛만으로도 연달아를 찔러죽일 듯이 싸늘하게 노려보면서 중얼거리고는 여황호위군, 즉 여황군 대장 조형구를 보면서 고개를 끄덕였다.

"앞으로 자네들이 연달아 대신 날 지켜줘."

조형구는 정중히 허리를 굽히고 물러났다.

TV '다물수호대' 라는 글 아래에 세로로 하나의 화살표가 그려지는가 싶더니 그 아래에 '다물정군(多勿正軍)' 이라는 글이 나타났다.

"다물수호대 일곱 명 휘하에는 각 백 명씩의 정요원들이 배속되어 있습니다. 그들은 모든 부분에서 대한민국 최고의 특수훈련을 받았습니다. 이후 일곱 명의 수호자들은 자신의 휘하에 있는 백 명의 정요원들을 지휘하여 주군의 명령을 받들어야 합니다."

연정토의 엄숙한 말에 모두들 적잖이 놀라는 표정으로 TV를 쳐다보았다.

TV 화면 '다물정군' 아래에 세로로 일곱 개의 화살이 그려지고, 각 화살 아래에 왼쪽에서부터 '알파정군', '베타정군', '감마정군' 식으로 일곱 개의 이름이 나타났다.

아랑은 손가락으로 TV 화면의 '알파정군' 을 가리키면서 놀란 얼굴로 물었다.

"나… 한테 백 명의 부하가 생겼다고요?"

"그래. 백 명이다. 네가 그들의 목숨을 책임져야 한다."

"후아."

아랑은 벅차면서도 감당이 안 된다는 표정을 지었다.

정옥군과 을지은한은 멍한 표정을 지었다. 두 사람에겐 하루 만에 너무 많은, 그리고 감당하기 어려운 큰 변화가 연이어서 일어나고 있다.

자신들에게 일어나고 있는 상황이 너무 크고 빨라서 머리가 도저히 따라가 주지 못하고 있었다.

그러나 이것이, 이렇게 사는 것이 자신들의 운명이라 여기고 받아들이려고 전력으로 애쓰고 있는 모습이다.

"이 모임 후에 각 '정군'의 대장들이 여러분을 찾아갈 것입니다. 자신의 '정군'을 어떻게 지휘하고 또 훈련시키느냐는 것은 순전히 여러분에게 달려 있습니다. 하지만 다물이 정하고 있는 규율, 즉 아우트라인에서 벗어나서는 안 됩니다."

연정토는 약간 술렁이는 분위기가 가라앉기를 기다렸다가 화제를 바꾸었다.

"최근 반년 동안 우리의 흥미를 끄는 몇 가지 일들이 국내에서 일어났습니다."

모두 연정토를 주시했다. '우리의 흥미를 끄는 일'이라는 것은 곧 '다물'하고 연관되는 사건이라는 뜻이다.

연정토는 탁자 뒤쪽 또 다른 탁자의 컴퓨터 앞에 앉아 있는 정요원을 보며 가볍게 고개를 끄덕였다.

컴퓨터 요원이 키보드를 두드리자 곧 TV 화면의 글이 사라지더니 어떤 뉴스의 내용이 나오기 시작했다.

"3일 새벽 2시 30분쯤 경기도 가평군 춘성대교 난간을 들이받고 체어맨 승용차가 북한강으로 추락했습니다. 이 사고로 승용차에 타고 있던 김준한 육군참모차장과 운전병 이상훈 병장이 익사하여 목숨을 잃었습니다."

화면에는 강가에서 중장비차와 크레인이 찌그러진 승용차를 인양하는 장면과 구급대원들이 승용차 안에서 시신을 꺼내서 흰 천으로 덮고 구급차에 옮겨 싣는 장면들이 연이어 나오고 있었다.

이어서 화면이 다른 장면으로 바뀌었다. 이번에는 어느 고급 빌라의 3층에서 시뻘건 화염이 뿜어져 나오고, 소방관들이 고가사다리를 타고 소방호스로 물을 뿌려 진화를 하는 장면이다.

곧이어 빌라의 불이 꺼지고 불에 타거나 질식해서 숨진 몇 구의 시신들 모습이 나오면서 아나운서의 목소리가 흘러나왔다.

"6일 새벽에는 서울 방배동 우인빌라 105동 302호에서 원인 모를 불이 나서 집안 내부를 모두 태우고 일가족 네 명이 숨지는 사고가 발생했습니다. 확인 결과 사망자들은 남인확 부총리와 그 가족인 것으로 드러났습니다."

모두들 적잖이 긴장한 표정으로 TV 화면에 시선을 고정한 채 침묵하고 있었다.

그 이후로 30여 분 동안에 몇 개의 뉴스가 더 이어졌다. 제각기 다른 사건을 다룬 뉴스였다. 그런데 그 뉴스들에는 세 가지 공통점이 있었다.

첫째는, 모두 우연히 벌어진, 즉 과실로 일어난 사고처럼 보인다는 점이고, 둘째는 그 사고로 죽은 사람들이 하나같이 사회적으로나 국가적으로 쟁쟁한 인물들이고 중요한 위치에 있는 인물들이라는 사실이고, 셋째는 그것들이 모두 10월 한 달 동안에 일어난 사건이라는 것이다.

고방아와 연연화, 고선우는 평소에 뉴스와 신문을 챙겨 보는 편이기 때문에 조금 전에 TV에서 본 여덟 개 내용은 모두 알고 있던 사건들이었다.

하지만 그것들을 따로따로 보았을 때와 죽 이어서 볼 때와는 느낌이 전혀 달랐다.

따로 보았을 때에는 각기 동떨어진 다른 사건 같았는데, 한 번에 이어서 보니까 여덟 개 사건들이 서로 어떤 연관이 있는 것 같았다.

TV 화면에는 더 이상 뉴스 내용이 나오지 않았다. 대신 화면 한가운데에 금빛 찬란한 삼족오 그림이 나타나 있었다.

또한 삼족오 그림 한가운데에는 '다물' 이라고 한자로 나타나 있었다. 그것은 '다물' 의 로고, 즉 상징 같은 의미인 듯했다.

아랑이 궁금한 표정으로 물었다.

"삼촌, 방금 그 뉴스들을 왜 보여준 거죠?"

아랑이 물었지만 연정토는 모두에게 대답했다.

"우리 다물의 분석팀에서는 저 여덟 개의 사건과 중요인물 여덟 명의 죽음이 묵인자의 소행이라는 결론을 내렸습니다."

"저게 묵인자 짓이에요?"

아랑이 놀라서 눈을 동그랗게 뜨고 다물의 상징만 나타나 있는 TV를 가리켰다.

"사건을 담당했던 경찰서와 소방서의 모든 자료들을 입수하여 치밀하게 분석한 결과입니다."

연정토가 어떤 경로를 통해서 경찰서와 소방서의 모든 자료들을 입수했는지에 대해서는 아무도 궁금하게 생각하지 않았다. '다물'은 충분히 그럴 만한 능력이 있을 것이라고 여기기 때문이다.

"죽은 여덟 명은 모두 대한민국에서 매우 중요한 지위에 있는 인물들입니다. 즉, 국가정택이나 국가안보에 중책을 맡고 있는 인물들이라는 뜻입니다."

고방아는 팔짱을 끼고 심각한 표정으로 중얼거렸다.

"저 사람들이 죽었다는 것은 그만큼 대한민국의 안보에 손실을 입었다는 의미인가요?"

"그렇습니다. 그들은 각기 자신들이 맡고 있는 방면의 전문가들입니다. 그들이 죽음으로써 그쪽 방면에 큰 구멍이 뚫렸다고 할 수 있습니다. 어떤 부분은 위기상황이라고도 말할 수 있습니다."

"묵인자가 그들을 죽인 이유가 뭐라고 생각하죠?"

고방아의 물음에 연정토는 TV 화면을 가리켰다.

"우선 화면을 보십시오."

TV 화면에 검은 코트를 입었으며 시커멓고 굵은 눈썹에 뭉툭한 코를 지닌 35세 정도 사내의 모습이 나타났다. 그자는 전체적으로 음울하고 흑색의 느낌을 주고 있었다.

"쿠로카미입니다. 묵인자의 여덟 번째 아들이며 당나라에서는 월왕 이정이라고 불렸습니다. 지난달에 대한민국에 입국했는데 아직도 종적이 묘연합니다."

화면에 새로운 사진이 나타났다. 거친 파도를 가르면서 한 사내가 서핑을 하고 있는 모습이다. 점점 줌인 되면서 사내의 얼굴이 확대되었다.

물에 흠뻑 젖은 모습이다. 긴 장발을 날리면서 환한 미소를 짓고 있는 잘생기고 서글서글한 용모를 지닌 27,8세 정도의 청년이다.

"카류우(花龍)입니다. 이세민의 열 번째 아들이며 기왕(紀王) 이신(李愼)입니다."

세 번째로 화면에 나타난 사진은 여자이며 화려한 의상과 화장을 한 눈부신 미모의 25세 정도 나이다.

"하나요메(花嫁)입니다. 현재 일본에서 초특급 여배우로 활약하고 있습니다. 이세민의 열아홉 번째 딸이며 금산공주(琴山公主)입니다."

TV 화면에 쿠로카미와 카류우, 하나요메의 사진이 가로로 나란히 나타났다.

"현재 이 세 명이 국내에 들어와 있는 것으로 확인되었습니다. 하지만 하나요메의 행적만 파악하고 있을 뿐 쿠로카미와 카류우의 행적은 묘연합니다."

연정토의 설명에 이어서 고방아가 물었다.

"10월 한 달 동안 일어난 중요인물 여덟 명의 죽음이 저들 세 명의 소행이라는 건가요?"

"우리는 그렇게 파악하고 있습니다."

"저들 세 명은 모두 제1수행자 가디언인가요?"

"그렇습니다."

"어떻게 확신하죠?"

"이세민의 아들과 딸들이 모두 가디언이라고 이리가수미 님과 보장태왕 폐하께서 확인하셨습니다. 하지만 각자의 능력은 다릅니다만, 아직 그것까지는 파악하지 못했습니다."

"그렇군요."

그리고는 침묵이 이어졌다.

정옥군과 을지은한은 지금까지 보고 들은 내용을 채 일 할도 이해하지 못하는 것 같았다. 아직 이곳 상황을 모르니까 당연한 일이다.

연달아와 고방아 등은 연정토가 이제 곧 중요한 말을 할 것이라고 짐작했다. 그리고 그 짐작은 적중했다.

"우리는 지금까지 묵인자의 목적이 무엇인지 몰랐으며 그것은 지금도 마찬가지입니다. 그러나 한 가지는 분명해졌습니다."

연정토의 목소리는 무겁게 가라앉았다.

"묵인자는 대한민국을 전복시키려는 의도인 것 같습니다."

아랑이 눈을 동그랗게 떴다.

"전복? 대한민국을 멸망시키려는 거라고요?"

"그렇다."

제36장

여자들

R U N N E R
런너

대한민국에 들어와 있는 묵인자의 자식들 중에 쿠로카미
와 카류우, 하나요메 셋 중에서 하나요메의 행적은 어렵지 않
게 찾아낼 수 있다고 연정토가 말했다.

하나요메가 일본의 초특급 여배우라서 잠적을 하는 것이
어렵기 때문이라고 한다.

또한 그녀는 이번에 자신이 출연한 새 영화의 홍보 때문에
입국한 것으로 되어 있기 때문에 팬 사인회다 뭐다 바쁜 일정
을 보내고 있다는 것이다.

그러므로 대한민국의 진드기 같은 연예기자들의 레이더에

서 벗어날 수가 없을 터이다.

연정토는 하나요메가 쿠로카미나 카류우와 접선을 시도하거나 새로운 암살을 모색하려는 징후를 감지하는 데 전력을 기울이고 있다고 말했다.

지금은 다물이 움직일 때가 아니다. 그들의 징후가 포착됐을 때 다물수호대가 기민하게 움직여서 불시에 덮쳐야만 하는 것이다.

연정토가 다물의 역량을 총동원하여 하나요메에게서 시작될지도 모르는 이상 징후를 찾아내는 동안 연달아는 고방아, 아랑과 함께 옆집인 아랑의 집으로 갔다.

연달아는 아랑의 아버지 보장태왕에 대해서 아랑 엄마 서유라에게 설명을 해줘야겠다고 마음먹었다.

결혼식도 올리지 못한 채 처녀의 몸으로 아랑을 임신하고 또 낳아서 키우며 홀로 살아온 청상과부인 그녀는 남편인 보장태왕에 대해서 알아야 할 권리가 충분하다고 연달아는 생각했다.

만약 그녀가 새로운 남자를 만나서 가정을 이루었다면 모르지만, 여전히 혼자 몸으로 남편의 생사도 모른 채 고독하게 살아가는 것은 가혹한 형벌이라는 생각이다.

연달아와 고방아, 아랑은 연정토의 저택, 아니, 다물 본부 뒷문으로 빠져나와서 아랑의 집으로 들어갔다.

"달아 오빠!"

서유라는 목욕을 하고 있다가 아랑의 매니저인 이하연으로부터 연달아가 왔다는 말을 전해 듣고는 서둘러 목욕하던 도중에 거실로 달려들어 오며 반갑게 외쳤다.

연달아는 소파에 고방아, 아랑하고 나란히 앉아서 커피를 마시다가 일어섰다.

와락!

"왜 이제야 온 거예요? 얼마나 기다렸는데!"

서유라는 달려오는 여세를 빌려 다짜고짜 연달아에게 안겨들었다.

연달아는 늘씬하고 풍만하며 성숙한 몸매의 서유라를 안고 잠시 당황했으나 그녀를 밀어내지는 않았다.

서유라는 한 달 전 한밤중에 연달아가 뜬금없이 전화를 해서 아랑의 성이 고 씨가 아니냐, 또는 아랑의 아버지 이름이 고장이 아니냐고 불쑥 물어서 혼비백산 놀랐었다.

그 이후에 집으로 돌아온 아랑을 붙잡고 연달아하고 무슨 일이 있었느냐, 그가 어떻게 아버지에 대해서 아느냐고 캐물어도 그녀는 입을 꼭 다물고만 있고, 더구나 아랑은 집에 붙어 있는 시간이 없었다. 거의 하루 종일 옆집 연정토의 저택에 가서 살다시피 했다.

그곳에서 무엇을 하는 것이냐고 물으면 고방아 언니하고

연정토 아저씨랑 재미있게 논다고만 대답할 뿐이었다.

드라마와 영화 촬영에 TV 방송국 음악 프로그램과 연예방송 출연 등 할 일이 태산 같은데도 아랑은 그런 것에는 일체 관심도 보이지 않았고 가려고 생각조차 하지 않았다. 말하자면 지난 한 달 동안 아랑은 휴업상태였던 것이다.

아랑이 다니고 있는 학교는 그녀가 연예활동을 하기 때문에 매일 가지 않아도 된다.

그렇더라도 일주일에 한 번 정도는 학교에 가서 수업을 받아야 한다.

그런데 아랑은 그것마저도 빼먹고 늘 연정토의 집에만 가 있다가 밤이 늦어서야 돌아오든가 아니면 그곳에서 잔다는 전화만 했다.

서유라도 바쁜 몸이기 때문에 아랑에게만 매달려 있을 수는 없었다.

그래도 이따금 시간이 날 때마다 연정토의 집에 가보면, 아랑은 거실에서 고방아와 책이나 영화를 보든가 담소를 나누고 있어서 안심을 할 수가 있었다.

물론 아랑과 고방아는 다른 일, 즉 수호자로서의 능력을 훈련하거나 다물의 활동에 필요한 교육 따위를 받는 중에 서유라가 왔다는 연락을 받으면 즉시 거실에 와서 나란히 앉아 한가하게 놀고 있는 모습을 연출했던 것이다.

결국 서유라는 연달아를 직접 만나서 궁금증을 풀 수밖에 없다고 생각했다. 그래서 그가 나타나기만 매일 손꼽아서 기다렸다.

그런 상황에 연달아를 보게 됐으니 한달음에 달려가서 그에게 안기는 것쯤은 이상한 일이 아니었다. 그녀 입장에서 보면 말이다.

사실 아랑이 연달아에게 달라붙고 아양과 애교를 부리는 것은 순전히 엄마의 피를 물려받았기 때문이다.

두 여자는 '이 사람은 믿어도 된다' 라는 확신이 생기면 대책없이 들이밀고 안기면서 완전히 자신을 무장해제 시키는 좋지 않은 버릇이 있다.

하지만 지금까지는 그런 남자가 단 한 명뿐이었다.

보장태왕 고장 바로 그였다. 하지만 아랑은 아버지의 얼굴조차 본 적이 없고, 서유라도 그와 단지 반년 정도 함께 지냈을 뿐이었다.

우뚝 서 있는 연달아는 전봇대 같고 그에게 안긴 서유라는 한 줄기 갈대 같았다.

서유라는 연달아의 허리를 두 팔로 꼭 끌어안고 가슴에 얼굴을 묻은 채 꼼짝도 하지 않았다.

그녀는 젖은 머리에 타월을 둘둘 말아서 감고 있으며, 몸은 닦지 않아서 아직도 젖은 상태였다.

그래서 연달아는 그녀에게서 싱그러운 비누와 샴푸 향기가 풍기는 것을 느꼈다.

하지만 그는 서유라에게서 남녀 간의 미묘한 감정 같은 것은 전혀 느끼지 못했다. 단지 아랑이 안긴 것 같은 느낌일 뿐이다.

"엄마!"

그때 연달아의 옆에 서 있던 아랑이 신경질적으로 빽 고함을 질렀다.

그러나 서유라는 연달아에게서 떨어지지 않았다. 그녀는 그의 가슴에 얼굴을 묻고 몸을 가늘게 떨면서 흐느껴 울고 있었다.

"왜 이제야 온 거예요."

연달아는 그녀의 슬픔과 한이 자신에게 송두리째 전해지는 것을 느꼈다.

그것은 고방아의 그것과 비슷하지만 조금 다르다. 고방아에게 보장태왕은 아버지이지만, 서유라에겐 한 남자인 남편이기 때문이다. 아버지는 일부분이지만, 남편은 모든 것이다. 그게 다르다.

연달아는 서유라를 부드럽게 안고 가볍게 등을 토닥였다.

"미안하오."

이어서 서유라의 양어깨를 잡고 조심스럽게 떼어냈다.

"자, 앉아서 얘기합시다."

스르.

그런데 그녀가 입고 있는 목욕가운의 느슨하게 묶은 띠가 풀어지면서 앞섶이 벌어지더니 아무것도 입지 않은 나신이 고스란히 내비쳤다.

우윳빛의 희고 깨끗한 살결과 터질 듯 풍만한 유방이 흔들렸으며, 가느다란 허리와 매끈한 아랫배, 그 아래의 무성한 음모가 그대로 드러났다.

연달아도, 서유라도, 그리고 아랑과 고방아도 그 자리에 굳어버렸다.

네 사람의 시선은 서유라의 벌어진 앞섶 안의 눈부신 나신에 집중되었다. 시간이 정지된 듯 아무도 움직이지 않고 말도 하지 않았다.

서유라 뒤에 서 있는 이하연은 그녀의 목욕가운이 벌어졌다는 사실을 깨닫고 당황해서 급히 뒤에서 그녀를 안듯이 목욕가운을 오므리고 끈을 묶어주었다.

"사… 모님, 방에 가서서 옷 갈아입고 나오지요."

"괜찮아."

서유라는 방그레 미소 지으면서 연달아의 팔을 잡고 소파에 나란히 앉았다.

아랑도 그렇듯이 서유라를 유일하게 무장해제 시키는 남

자가 바로 연달아이기 때문에 별로 개의치 않았다.

"어서 얘기 해줘요, 달아 오빠."

"아… 그럽시다."

서유라는 연달아에게 찰싹 붙어서 그의 팔을 두 팔로 잡아 가슴에 안고 말끄러미 그의 얼굴을 바라보았다. 그러는 모습이나 행동은 영락없이 아랑하고 빼다 박았다.

남자들은 대한민국 최고 여배우의 이런 모습에 뻑 가게 되어 있지만, 그것을 지켜보는 여자는 그것 때문에 불같은 질투심을 느껴야만 한다.

아랑과 고방아는 가슴속에서 묘한 질투심이 꿈틀거리는 것을 느꼈다.

"아아……."

연달아의 설명을 다 듣고 난 서유라는 크게 놀라는 표정을 짓더니 곧 두 손으로 얼굴을 가리고 몹시 흐느껴 울기 시작했다.

연달아는 자세한 이야기는 하지 않고 보장태왕, 아니, 고장한 사람에 대해서만 말해주었다.

물론 그가 보장태왕이라거나 광런너이며 연속환생자라는 사실, 그리고 다물에 대해서는 일체 말하지 않았다.

모든 사실을 자세히 알게 되면 서유라가 감당하지 못할 것이고 비밀을 지키지 못할 것이기 때문이다.

단지 고장이 고방아의 친아버지이며 그녀를 고아원에 맡긴 이후에 서유라를 만난 것이고, 현재 그는 외국에 있으며 조만간 돌아올 것이라고 말해주었다. 그러다 보니까 말해줄 것이 그리 많지 않았다.

두 손으로 얼굴을 가리고 흐느껴 울던 서유라는 옆에 있는 연달아에게 쓰러지듯이 안겨 한참 동안이나 더 울었다.

연달아는 그녀를 안고 묵묵히 등을 토닥거려 주었다.

고방아도, 아랑도 그녀의 슬픔을 충분히 이해했다. 자신들의 슬픔보다 최소한 열 배 이상 더 클 것이라고 짐작했다. 그래서 그녀가 울음을 그칠 때까지 참을성있게 기다렸다.

이윽고 서유라는 눈물을 그치고 연달아의 품에서 벗어나 말간 얼굴을 들었다.

목욕을 한데다가 실컷 울고 난 후의 그녀의 모습은 비에 젖은 백합처럼 고아하면서도 상큼했다.

어떤 강심장의 남자라고 해도 그녀를 보면 순간적으로 이성을 잃어버릴 것만 같았다.

눈을 동그랗게 뜬 그녀는 연달아의 옆에 앉아 있는 고방아를 바라보았다.

"그럼… 방아 언니가 랑이의 이복언니인가요?"

고방아는 묵묵히 고개를 끄덕였다.

서유라는 또다시 눈물이 글썽해졌다.

"방아 언니, 많이 외로웠지요?"

고방아는 울컥했다.

서유라는 곧 방그레 미소를 지었다.

"하지만 이제 랑이도 방아 언니도 자매가 생겨서 덜 외로울 거예요. 그리고 나도……."

고방아의 긴 속눈썹이 바르르 떨렸다. 그리고 무릎 위에 올려놓고 꼭 쥐고 있는 주먹도 가늘게 떨고 있다.

"나도… 이렇게 훌륭한 큰딸이 생겨서 너무 기뻐요."

서유라는 손을 뻗어서 고방아의 꼭 쥔 주먹을 부드럽게 잡았다.

고방아는 잠시 가만히 있다가 슬며시 손을 빼고는 일어섰다.

"방아 언니……."

"나 먼저 갈게."

그러자 연달아가 그녀의 팔을 잡고 다시 자리에 앉혔다. 하지만 아무 말도 하지 않았다.

고방아는 연달아를 쏘아보았지만 다시 일어나지는 않았다. 지금 그녀는 이 낯선 상황이 너무나 어색해서 도망치고 싶은 것이다.

서유라의 마음과 그녀의 행동, 그리고 의도를 충분히 이해하고 있지만, 그것을 받아들이지 못했다.

아니, 그녀가 살아오면서 이런 경험이, 아니, 이런 비슷한 경험조차 한 번도 없었기 때문에 지금 같은 상황에서는 어떻게 해야 하는지 모르는 것이다.

서유라가 다시 고방아의 손을 잡았다. 고방아는 이번에는 손을 빼지 않고 가만히 있었다.

하지만 서유라를 외면한 채 다른 곳을 보면서 긴 속눈썹이 바르르 떨리고 있었다.

서유라는 눈물을 글썽이면서 고방아를 바라보았다.

"방아 언니는 그냥 가만히 있어요. 내가 다 할게요. 다만 날 받아들이기만 해줘요. 그거면 돼요."

고방아는 끝내 아무 말도 하지 않았다. 하지만 그녀가 손을 빼거나 일어서지 않는 것만으로도 서유라는 고마웠다.

연달아는 일단은 이것으로 됐다고 판단했다. 원래 그는 서유라에게 사실을 알려주는 것과 고방아와 서유라가 친해지도록 만들어주고 싶었다.

연달아의 2차 작전이 개시됐다.

고방아가 술을 몹시 좋아하고 또 술이 취하면 경계심이 크게 무너진다는 사실을 잘 알고 있는 연달아는 아랑네 집에서 저녁을 먹으면서 술을 마시기로 했다. 그것이 2차 작전이었다. 고방아를 취하게 만드는 것이다.

그것만으로 됐다. 아랑네 집에 상주하는 요리사와 가정부가 최고급 요리를 줄줄이 테이블로 가져오고, 이하연은 고방아가 좋아하는 고급 맥주 위주로 끊임없이 술을 내왔다.

고방아는 처음에는 그다지 내켜하는 것 같지 않더니 맥주를 다섯 병쯤 마시면서부터는 특유의 화통한 성격이 발휘되기 시작했다. 연신 카랑카랑한 웃음을 터뜨리며 점점 목소리와 동작이 커져 갔다.

그렇게 하라고 시키지 않아도 아랑은 연달아의 허벅지에 마주 보고 앉아 자석처럼 찰싹 달라붙어 그가 술을 마시다가 조금 남을라치면 얼른 잔을 뺏어서 자기 입에 부었다.

연달아는 이하연이 권해준 위스키를 마셨다. 40도 이상 독한 위스키가 목구멍을 태울 것처럼 짜릿하게 넘어가고 입안과 뱃속이 뜨거워지는 것이 그의 입맛에 딱 맞았다.

위스키 한 병을 아랑하고 7:3으로 나눠서 마신 연달아는 기분이 좋아졌다.

아랑은 얼굴이 발갛게 달아올라 기분이 삼삼해져서 연달아의 등을 두 팔로 꼭 끌어안고 그의 가슴에 뺨을 묻은 채 무척이나 행복한 표정으로 눈을 감고 있다.

그러다가 그가 술을 마시는 기척이면 얼른 고개를 들고 참새새끼 마냥 술을 달라고 빨간 입을 벌렸다. 그러면 연달아는 남은 술을 그녀의 입에 조심스레 흘려 넣어주었다.

"헤헤… 좋다."

그럼 아랑은 또 그의 가슴에 찰싹 달라붙어 몸을 도리도리 하기도 하고 그의 몸을 으스러지게 끌어안기도 하면서 행복을 만끽했다.

"이 술이 뭐요?"

"발렌타인 30이에요."

연달아의 물음에 이하연이 그의 빈 잔에 술을 가득 따르면서 공손히 대답했다.

삭—

그때 아랑이 재빨리 술잔을 들더니 자기 입에 통째로 쏟아부었다.

그리고는 작은 궁둥이를 들고 연달아하고 키 높이를 맞추더니 조그만 입을 그의 입에 갖다 댔다.

"음… 음……."

입술을 마구 비비는 바람에 연달아가 입을 벌리니까 그녀의 입속에 있던 술이 그의 입속으로 졸졸 흘러들어 왔다. 하지만 그녀는 술을 다 주지 않고 조금쯤은 자기가 마셨다.

"캬아. 이렇게 주니까 더 맛있지 오빠?"

"그래."

그녀의 행동이 너무 귀여워서 연달아는 궁둥이를 툭툭 두드리며 빙그레 미소 지었다.

“술 흐르잖아. 아까워라.”

연달아의 입술과 입가에 술이 묻어 있는 것을 보고 아랑이 혀를 내밀어 할짝할짝 핥아먹었다.

그리고는 그 기회를 놓치지 않고 거세게 달려들어 그의 혀를 한참 동안 실컷 유린했다.

“아아… 오빠의 혀는 최고의 안주야! 굿! 굿!”

입술을 떼고 숨을 색색 몰아쉬면서 얼굴이 빨개져서 헤헤거리는 아랑이다.

“달아 오빠, 나도 해줘.”

연달아의 옆에 앉은 서유라가 고방아하고 술을 마시다가 그 모습을 보고 얼굴을 들이밀었다. 꽤 취해서 얼굴이 빨갛고 입에서 술 냄새가 풀풀 풍겼다.

“살인 나기 전에 그만하셔~!”

아랑이 서유라의 얼굴을 손바닥으로 밀면서 슬쩍 사납게 인상을 썼다.

“달아 오빤 내 거야. 누구라도 넘보면 내 손에 죽을 줄 알아. 그치 오빠?”

연달아는 아랑의 그러는 모습이 1340여 년 전에 평양성 황궁에서 그녀가 했던 모습과 너무나 똑같아서 그저 마냥 좋아 고개를 끄덕였다.

“그래. 하하하!”

연달아하고 아랑이 죽이 맞아서 둘이 찰싹 붙어 술을 마시니까 자연스럽게 고방아하고 서유라가 짝이 되어 술을 마실 수밖에 없었다.

더구나 연달아와 아랑의 모습이 눈꼴사나운 고방아는 평소보다 더 빨리, 그리고 더 많이 술을 입에 쏟아부었으며, 보란 듯이 서유라하고 친한 척을 했다. 그러다 보니까 언제부턴가 정말 친해지게 되었다.

그날 연달아와 아랑은 위스키 다섯 병을, 고방아와 서유라는 와인 일곱 병과 맥주 서른 병을 짬뽕으로 마시고 떡이 되었다.

그러나 그게 끝이 아니다. 한껏 기분이 고조된 고방아와 서유라가 동시에 노래방을 외쳐댔고, 아랑네 집 지하에 마련되어 있는 노래방으로 자리를 옮겨 거기에서도 술을 퍼마시면서 고래고래 어깨동무를 하고 새벽이 돼가는 줄도 모르고 진탕 놀아댔다.

매니저 이하연은 침대를 보면서 빙그레 미소를 지었다.

평소 서유라가 사용하는 커다란 초대형 침대에 연달아와 아랑, 고방아, 서유라가 함께 잠들어 있는 모습에 미소가 저절로 나왔다.

똑바로 자고 있는 연달아에게 아랑이 착 달라붙어 있고, 고방아와 서유라는 서로 마주 보는 자세로 얼싸안은 채 잠들어 있는 모습이다.

'후후. 이것으로 사모님과 고방아 씨는 좋은 관계가 될 수 있을 거야.'

고방아와 서유라를 보던 이하연의 시선이 연달아와 아랑 쪽으로 옮겨졌다.

연달아의 팔을 베고 그의 가슴에 한쪽 팔과 다리, 그리고 몸의 절반을 얹은 채 자고 있는 아랑은 무척이나 행복한 표정이다.

'랑이가 연달아 씨하고 결혼을 하면 정말 행복해질 것 같아. 일곱 살 나이 차이 정도는 뭐 어때? 제자하고 스승도 결혼해서 잘 사는 세상인데.'

이하연은 아랑이 연달아를 꼭 잡고 놓치지 말기를 진심으로 빌면서 조심스럽게 방문을 닫고 나갔다.

연달아는 세 번 잠이 깼다.

잠결에 이상한 느낌이 들어서 눈을 떠보니까 아랑이 그의 바지와 팬티를 한꺼번에 벗기려고 낑낑거리면서 씨름을 하고 있었다.

그녀는 눈을 감은 상태에서 반쯤은 자고 있는 듯했다.

"랑아, 너 뭐하는 거냐?"

"나? 오빠하고 사랑하려고. 그런데 잘 안 돼."

"이리 와서 자자."

연달아가 바지와 팬티를 끌어올리고 그녀를 잡아당겨서 꼭 품에 안아주며 잠시 등을 토닥이자 금세 코를 골며 잠에 빠졌다.

무의식은 의식의 연장이라고 했다. 평소에 아랑이 얼마나 연달아를 사랑했으면, 아니, 그의 여자가 되고 싶다는 생각을 했으면 무의식적으로 취중에 그런 행동을 하겠는가.

두 번째는 누군가 그의 바지 속에 손을 넣어 더듬는 바람에 잠에서 깼다.

"여보… 흐응… 여보… 사랑해요… 어서 해줘요……."

연달아가 고개를 돌려보니 서유라가 그의 옆에서 팔을 베고 누워 잠꼬대처럼 중얼거리며 팬티 속에 손을 넣고 있는 것이었다. 술이 너무 취하고 또 잠결에 그를 남편이라고 착각한 듯했다.

연달아가 세 번째로 잠이 깬 것은 차가운 촉감이 미간에 닿는 것을 느꼈을 때였다.

눈을 뜨니까 고방아가 그의 배 위에 걸터앉아서 시그자우어 총구를 미간에 겨눈 채 무서운 표정을 짓고 있었다.

"너 같은 바람둥이는 죽는 게 나아. 알았어? 여러 여자 울리지 말고 일찌감치 죽어라."

만취 상태고 또 잠결인 그녀가 방아쇠를 천천히 당기는 것을 발견한 연달아는 놀라서 어쩔 수 없이 주먹으로 그녀의 관자놀이를 한 대 때려서 기절시켜 재울 수밖에 도리가 없었다.

중요한 사실은, 아침에 깨어난 세 여자가 지난밤의 일을 전혀 기억하지 못한다는 것이었다.

*   *   *

연달아와 고방아, 아랑은 밴틀리를 타고 한남동 아랑네 집을 나서 강남경찰서로 향했다.

연정토에게서는 별다른 얘기가 없었다. 아직도 쿠로카미 등의 행적을 열심히 찾고 있는 듯했다.

연달아는 텐쵸오와 제5수행자 솔저를 강남경찰서에서 강현욱에게 넘겨주려는 것이다.

그 후에 잠시 고방아의 원룸에 들렀다가 모처에서 군왕호위군과 여황호위군 전원을 만나기로 했다. 부하들하고 일면식이라도 트려는 생각에서다. 아니, 부하라기보다는 연달아는 그들을 동료라 여기고 있다.

군왕호위군 대장 장철환에게 청평 별장에 가둬둔 텐쵸오와 솔저를 데려오라고 미리 지시해 뒀으므로 연달아 등은 곧장 강남경찰서로 갔다.

'고방아!'

강남경찰서 앞마당 주차장에 즐비하게 세워져 있는 여러 대의 승용차 중에서 복판에 주차된 구형 그랜저 운전석에 앉아 있는 누군가의 안경 너머의 눈이 반짝 빛났다.

가느다란 은테 안경을 낀 세련되면서도 활동적인 캐주얼 복장을 한 25세 정도의 여자다.

목에 걸고 있는 경찰서 출입증과 기자증, 조수석 시트에 놓여 있는 카메라와 노트북 따위를 보면 기자인 듯했다.

눈이 약간 가늘고 길며 뾰족한 코에 얇고 붉은 입술을 지닌, 신경질적이면서도 지적으로 생긴 인텔리 미녀다.

그녀의 시선은 방금 주차장에 진입해서 멈춘 밴틀리에서 내린 연달아와 고방아, 아랑에게 고정되어 있다.

그녀는 재빨리 조수석에 놓여 있는 디지털 카메라를 집어들더니 들키지 않으려고 최대한 애쓰면서 연달아 등을 찍기 시작했다.

착착착착착.

카메라가 고속연속촬영을 하는 특유의 작은 소리가 승용차 안을 고즈넉이 울렸다.

연달아의 팔에 매달리는 자세로 걸어가던 아랑은 뭔가 이상한 느낌을 받고 힐끗 뒤돌아보았다.

양쪽으로 수십 대의 승용차들과 끝 쪽에 경찰차량들이 주차되어 있을 뿐 사람은 아무도 보이지 않았다.

그녀의 시선이 날카롭고 빠르게 주차된 승용차 안을 훑었다.

지금 이런 진지한 모습의 아랑은 평소 알고 있는 철부지 소녀의 그것이 아니다.

그러나 아랑은 주차된 승용차 안에서 아무것도 발견하지 못하자 곧 고개를 돌리고 연달아의 팔에 매달려 깡충거리면서 경찰서 본관 입구로 향했다.

사진을 찍던 여기자는 조수석 쪽으로 엎드렸던 상체를 조심스럽게 일으켰다. 숨는 동작이 조금만 늦었더라도 아랑에게 들킬 뻔했다.

여기자가 앞창으로 내다보니 연달아 등의 모습은 더 이상 보이지 않았다. 경찰서 안으로 들어간 것 같았다.

여기자는 카메라를 들고 방금 찍은 사진들을 되돌려서 보고는 제대로 잘 찍혔다는 것을 확인했다.

그리고는 카메라를 노트북하고 연결하고는 사진들을 어디론가 보냈다.

이어서 휴대폰을 꺼내 짧게 단축버튼을 눌렀다.

"세이레이다. 방금 사진 보냈으니까 안전한 곳에 저장하고 조그만 계집아이가 누군지 지급으로 확인해 봐라."

유창한 일본어다. '세이레이'는 일본어로 정령(精靈)을 뜻
한다. 여기자는 텐쿄오의 제2수행자 정령이었다.

전화를 끊은 세이레이는 운전석에 상체를 기대고 회답이
오기를 기다렸다.

그녀는 고방아의 얼굴을 알고 있다. 일본에서 텐쿄오와 함
께 출발하기 전에 고방아의 사진을 보고 또 그녀의 신상명세
에 대해서 충분히 숙지했기 때문이다.

그러나 꼭 그것이 아니더라도 세이레이는 고방아를 절대
로 잊을 수가 없다.

한 달 전쯤에 연달아가 텐쿄오를 추격하고 있을 때, 그녀는
연연화의 모습으로 변신하여 접근하려다가 고방아에게 총알
두 방을 맞았었다.

세이레이에게 보통 총탄은 통하지 않는다. 그러나 고방아
가 사용한 총탄은 전문적으로 런너와 수행자를 죽이는 은탄
이었다.

그때 세이레이는 왼쪽 옆구리와 왼쪽 허벅지에 각각 한 발
씩 은탄을 맞았다.

이후 은탄을 제거하고 치료를 받았으나 아직도 완치되지
않아서 몸을 움직일 때마다 상처 부위가 격렬하게 쑤신다. 그
러므로 그녀는 절대로 고방아를 잊을 수가 없다.

치료를 받고 몸을 움직일 수 있게 된 세이레이는 그때부터

고방아와 연달아를 찾아다녔다.

하지만 고방아가 느닷없이 강남경찰서에 사표를 냈고, 원래 살던 원룸에서는 이사를 갔기 때문에 그녀를 찾아내는 일은 백사장에서 바늘 하나를 찾는 것이나 다름없을 정도로 어려워졌다.

고방아에 대한 단 하나의 연결끈은 강남경찰서다. 얼마 전에 텐쿄오의 디스트로이어 이타즈라가 러시아 마피아들과 함께 강남경찰서를 습격하여 고방아를 죽이려다가 고방아의 부하 두 명에게 처참하게 죽음을 당한 일이 있었다.

그로 미루어 고방아는 이따금씩 강남경찰서에 모습을 나타내는 것 같았다.

그래서 세이레이는 틈만 나면 여기자로 변장을 하고 이곳에서 고방아가 나타나기만 기다려 왔었다. 그런데 오늘 마침내 오랜 기다림이 결실을 맺었다.

지금 세이레이는 흥분했다. 고방아와 함께 있는 연달아를 봤기 때문이다.

그녀는 한 달 전쯤에 연달아가 텐쿄오를 마치 고양이가 쥐를 가지고 놀듯이 다루는 광경을 똑똑히 목격했다.

가디언인 텐쿄오의 막강한 실력이 먹히지 않는 인간이라면 오로지 런너뿐이다.

그래서 그날 이후 세이레이는 연달아가 런너일 것이라고

확신하고 있다.

오늘은 정말 운이 좋다. 고방아에다가 런너까지 한꺼번에 걸려들었으니까 말이다.

그런데 문제가 하나 있다. 런너인 연달아와 광런너의 딸인 고방아를 죽이는 것은 세이레이 혼자서 해내야만 한다.

묵인자의 가디언인 쿠로카미와 카류우, 하나요메가 입국해 있지만 그들에게는 다른 임무가 있다.

텐쵸오가 있으면 동급인 그들에게 도움을 요청할 수 있겠지만, 세이레이는 그럴 수 있는 신분이 못된다.

그들의 도움을 받으려면 그들에게 보고를 해놓고 다음 명령을 기다려야 한다.

그럴 바에는 차라리 보고하지 않고 단독으로 처리하는 것이 좋겠다고 세이레이는 판단했다.

현재 텐쵸오가 거느리고 있던 대한민국의 조직들은 모조리 거덜이 난 상황이다.

그녀가 추진하고 있던 여고생 순정혈 채취사업이 들통이 나면서 대한민국에 이루어놓았던 수많은 조직들이 일망타진됐기 때문이다.

텐쵸오마저 간단하게 당하고 만 런너 연달아지만 세이레이는 그를 죽일 자신이 있다.

지금 세이레이의 최대 무기는 하나다. 어둠 속에 웅크리고 있다는 사실이다.

그녀는 연달아의 존재를 알고 있고 또 주시하고 있지만, 그는 세이레이의 존재를 모르고 있다. 자고로 어둠 속에서 찔러오는 창은 피하기 어려운 법이다.

그녀는 지금 뾰족하게 벼려진 한 자루 창이다. 절호의 찬스가 오면 온몸을 던져서 그 창으로 연달아를 찌를 것이다. 찌르면 반드시 죽여야만 한다.

그때 경찰서 정문으로 차 한 대가 굴러 들어왔다. 현금수송차량처럼 생긴 특수차량인데 경찰서 본관 앞에 멈추었다.

차 뒷문이 양쪽으로 활짝 열리고 나서 차 안에서 네 명이 내렸다.

세이레이는 묵묵히 그곳을 쳐다보고 있다가 차에서 내린 사람을 발견하고 움찔 놀랐다.

'도노사마(殿さま:주군, 주인님)!'

세이레이의 시선이 멈춘 곳에는 텐쵸오와 술저가 있었다. 두 사람은 두 손을 뒤로 한 채 수갑이 채워진 상태에서 네 명의 사내에 의해 특수차량에서 내려져 경찰서 본관으로 걸어가고, 아니, 끌려가고 있었다.

제37장

황금삼족오

R U N N E R
런너

　강남경찰서는 한 달 전에 러시아 마피아의 로켓포 공격에 2층 수사과장실과 수사과, 아래층 유치장이 대파됐지만, 한 달여 만에 보수공사가 끝나서 지금은 말끔한 모습이다.

　신라신문사 연예부 기자 황예린은 한 달여 전 이곳 강남경찰서에서 운 좋게도 아랑의 사진을 찍었다가 로켓포 테러 사건이 터진 이후에 경찰에게 카메라를 뺏겨서 찍은 사진을 모조리 삭제당했었다.

　사진, 즉 물증이 없으면 아무리 좋은 기삿거리라고 해도 아무 소용이 없다.

그녀가 신문사로 돌아가서 아랑이 어떤 남자하고 강남경찰서 수사과에 들어갔다는 설명을 했지만 아무도 믿어주지 않았다.

설혹 그것을 믿는다고 해도 사진이 없으므로 기사화할 수가 없는 일이었다.

황예린은 다 잡은 특종을 코앞에서 날려 버렸다. 대한민국 최고의 아이돌인 아랑이 보통 사이가 아닌 것 같은 남자하고 경찰서 수사과에 들어갔다는 사실은 보통 특종이 아니다. 슬롯머신으로 친다면 잭팟을 터뜨린 것이나 같다. 그것이 날아가 버렸던 것이다.

그런데 오늘 황예린은 정말 운수 대통했다. 한 달여 전의 그때하고 똑같은 상황이 또다시 벌어진 것이다. 아랑과 함께 경찰서로 들어오고 있는 그 남자는 한 달여 전의 그 남자가 분명했다.

그리고 오늘도 아랑은 그때하고 똑같이 그 남자 팔에 매달려서 온갖 애교와 아양을 다 떨고 있다.

보통 사이가 아닌 게 분명했다. 그리고 한 달여 전 그때처럼 남자 옆에는 정말 톱 탤런트 뺨칠 정도로 멋진 가죽재킷의 여자가 함께 있다.

황예린은 오늘만큼은 절대 실수하지도 찍은 사진을 뺏기지도 않을 것이라고 다짐하면서, 아랑 일행이 주차장의 밴틀리에서 내려 경찰서 건물로 들어오는 장면부터 사진을 수십 장도 더 찍었다.

그리고 지금 복도 모퉁이 자판기 뒤에 숨어서 저 멀리에서 아랑 일행이 얘기를 나누면서 걸어오고 있는 장면을 몰래 찍고 있다.

'이 정도면 됐어.'

황예린은 아랑 일행이 가까워지자 사진 찍기를 멈추고 몸을 일으켰다.

'이제 아랑이 무엇 때문에 저 남자하고 경찰서에 왔는지에 대해서만 알아내면 된다.'

속으로 중얼거리는 그녀의 입가에 득의한 미소가 피어났다.

탁!

"앗!"

그런데 그녀가 손에 들고 있던 카메라를 느닷없이 누군가 낚아챘다.

그녀가 깜짝 놀라서 뒤돌아 보니 한 명의 정장 사내가 우뚝 서 있는데 그자의 손에 카메라가 쥐어져 있었다. 사내의 키가 하도 커서 그녀보다 머리 하나는 더 컸다.

"뭐예요? 카메라 내놔요."

황예린이 와락 인상을 쓰면서 사내의 손에서 카메라를 뺏으려고 손을 뻗었다.

그런데 사내는 그녀의 손을 덥석 움켜잡더니 자판기 앞쪽 복도로 끌고 나갔다.

"앗! 이 손 놓지 못해요?"

황예린은 팔을 빼내려고 또 끌려가지 않으려고 발버둥을 쳤지만 마치 아빠에게 끌려가는 어린 딸처럼 꼼짝달싹도 하지 못했다.

걸어오던 연달아와 고방아, 아랑이 그 광경을 보고 걸음을 멈추었다.

황예린과 아랑의 시선이 딱 마주쳤다. 그 순간 황예린은 아랑이 자기를 몰라보기를 빌었다. 하지만 아랑의 기억력은 그녀가 생각하는 것보다 훨씬 뛰어났다.

"황 기자님 아니세요? 여기서 뭘 하는 거죠?"

아랑의 질문에 황예린의 팔을 잡고 있는 정장 사내가 공손히 대답하면서 카메라를 내밀었다.

"이 여자가 사진을 찍고 있었습니다."

고방아는 정장 사내가 군왕호위군이거나 여황호위군 정요원일 것이라고 짐작했다.

은밀하게 자신들을 호위하고 있다가 몰래 사진을 찍고 있는 여자를 발견했을 것이다.

고방아는 정장 사내에게서 카메라를 받아 무슨 사진을 찍었는지 확인을 해보았다.

화면에 처음부터 나오는 사진은 모두 아랑을 중심으로 연달아와 고방아의 모습들뿐이었다.

주차장에 밴틀리를 파킹하고 내리는 순간부터 방금 전까지 찍은 사진이 줄잡아 백 장 이상은 되는 것 같은데 여러 장면을 찍었다.

그런데 사진을 훑어보던 고방아는 뭔가를 발견한 듯 방금 지나친 사진을 되돌렸다.

곧 어떤 사진이 나타났다. 연달아 일행이 막 밴틀리에서 내려 경찰서 본관으로 걸어가기 시작하는 장면인데, 우연찮게 그 사진에 다른 사람의 모습이 찍혀 있었다.

밴틀리가 주차된 맞은편에 수십 대의 차량이 일렬로 주차되어 있는데, 그중 어느 승용차 운전석에서 어떤 여자가 사진을 찍고 있는 모습이 앞창을 통해서 보였다.

카메라뿐만 아니라 기계 전반에 대해서 해박한 지식을 갖고 있는 고방아는 화면 속의 여자를 줌인해서 살펴보았다.

그런데 화면 속의 그 여자도 카메라로 사진을 찍고 있었다. 다시 화면을 줌아웃해서 멀찍이 보니까 그녀가 사진을 찍는 대상은 고방아 자신들이었다.

앞에 있는 여자, 즉 황예린은 기자라서 사진을 찍을 수 있다고 하지만 도대체 화면 속의 여자는 무엇 때문에 사진을 찍었는지 궁금했다.

고방아는 그 여자가 타고 있는 차가 검은색 구형 그랜저라는 것을 확인하고 급히 창으로 다가가 창밖 아래 주차장을 내려다보며 그 차를 찾아보았다.

그랜저는 금세 찾을 수 있었다. 하지만 운전석에는 사진 속의 여자가 없었다.

근처에서도 보이지 않았다. 차는 그대로 있는데 사람은 없다. 그렇다면 멀리 간 것은 아니다.

"사진 삭제해."

탁탁탁탁!

고방아는 카메라를 정장 사내에게 던져 주는 것과 동시에 왔던 길을 되돌아 전력으로 달려갔다. 주차장의 구형 그랜저에 직접 가서 확인해 보려는 것이다.

"언니!"

정장 사내는 왼손에 차고 있는 손목시계를 들어 입을 대고 빠르게 말했다.

"황께서 본관 입구로 가셨다. 반복한다. 황께서 본관 입구로 가셨다."

황예린은 눈이 동그랗게 커져서 무슨 영문인지 몰라 어리둥절한 표정을 지었다. 지금 벌어지고 있는 상황을 이해하기가 어려웠다.

연달아와 아랑은 발길을 돌려 왔던 길로 다시 걸어갔다. 고방아 혼자 나가게 놔둘 수는 없기 때문이다.

정장 사내는 카메라에서 사진을 삭제하느라 그 자리에 서 있었고, 황예린은 그에게서 카메라를 뺏으려고 하며 맹렬하게 소리쳤다.

"이리 줘요! 당신이 뭔데 남의 취재 활동을 방해하는 거죠? 왜 사진을 삭제하는 거예요?"

황예린은 마침 복도를 지나가는 경찰들에게 소리치며 도움을 청했다.

"도와줘요! 이 사람이 내 카메라를 강탈했어요! 도둑, 아니, 강도예요!"

경찰들이 모여들자 황예린은 이제 됐다 싶어 회심의 미소를 지었다.

하지만 사복을 입은 유도한이 나타나면서 그녀의 회심의 미소는 즉시 사라졌다.

"그 사람은 우리 사람이다. 기자를 내쫓아라."

사진을 다 삭제한 카메라를 받아 든 황예린은 두 명의 경찰에게 팔이 붙잡혀서 두 발이 공중에 떠서 발버둥을 치며 밖으로 끌려 나갔다.

연달아와 아랑이 아래층으로 향하는 계단까지 왔을 때 군왕호위대 정요원 네 명이 텐쵸오와 솔저를 데리고 계단 위로 올라왔다.

텐쵸오는 연달아를 발견하더니 잡아먹을 듯한 표정으로 이를 갈았다.

"이놈. 무한런너……."

그때 텐쵸오 뒤쪽에서 고방아가 계단 위로 뛰어서 올라왔다.

"무슨 일이에요, 언니?"

아랑이 묻자 고방아는 아무 말도 하지 않고 고개를 설레설레 가로저으며 연달아를 지나쳐서 복도를 걸어갔다. 연달아와 아랑은 묵묵히 그녀를 따라갔다.

텐쵸오는 연달아의 등에 대고 독설을 퍼부었다.

"무한런너, 얼마 남지 않은 생을 실컷 즐겨둬야 할 것이다. 내 형제들이 오면 네놈은 죽은 목숨이다."

'형제?'

연달아는 방금 텐쵸오가 한 말 중에 '형제'라는 말에 번쩍 떠오르는 것이 있었다.

청평 별장에서 고선우와 연연화가 텐쵸오를 심문했을 때 그녀의 형제들에 대해서도 알아냈을 것이다.

그것을 참고로 하면 쿠로카미와 카류우의 행적을 찾아내는 데 도움이 될 수가 있다. 만약 그런 내용이 없다면 텐쵸오

를 다시 심문하면 된다. 텐쿄오가 발악하면서 쏟아낸 저주가
오히려 도움이 됐다.

저벅저벅.

연달아가 가운데, 고방아가 왼쪽, 아랑이 오른쪽에 나란히
서서 복도를 걸어갔다.

고방아는 원래 과묵한 성격이라서 그녀가 먼저 말을 하지
않으면 연달아는 구태여 물으려고 하지 않는다.

그녀는 두 손을 재킷 주머니에 깊이 찔러 넣은 채 똑바로
앞만 보면서 걸어갔다.

그녀와 연달아 등이 걸어가는 앞쪽에서 황예린이 두 명의
경찰에게 팔이 붙잡혀서 끌려오고 있었다. 그리고 그 뒤쪽에
서 황예린의 카메라를 뺏었던 정요원이 유도한과 같이 나란
히 걸어오고 있는 모습이 보였다. 그로 미루어 정요원과 유도
한은 서로 아는 사이 같았다.

슥.

고방아는 정면을 보면서 걸어가며 자연스럽게 오른쪽 주
머니에서 손을 뺐다.

그때 연달아 앞쪽 5미터쯤에서 마주 오던 황예린의 눈이
커다랗게 떠졌다.

방금 재킷 주머니에서 손을 뺀 고방아의 오른손에 반짝이
는 물체가 쥐어져 있는 것을 발견한 것이다. 그것은 분명히

은빛으로 빛나는 한 자루 칼이었다.

"위험해!"

황예린이 다급하게 외치는 것과 고방아가 슬쩍 상체를 연달아 쪽으로 틀면서 오른손의 칼로 그의 옆구리 위쪽을 찌르는 것은 동시에 벌어졌다.

푹!

20㎝ 길이의 은빛 칼이 연달아의 옆구리와 겨드랑이 중간쯤을 깊숙이 쑤시고 들어갔다.

연달아는 고방아가 자신을 공격할 것이라고는 추호도 예상하지 않았고, 두 사람의 거리는 워낙 가까워서 피하는 것이 불가능했다.

연달아는 힐끗 고방아를 쳐다보았다. 그의 얼굴에는 약간 놀란 듯한 표정만 떠올라 있을 뿐이다. 그는 고방아가 어째서 자기를 해치는 것인지 그것만이 궁금했다.

그때 연달아를 쳐다보는 고방아의 입술이 벌어지면서 새하얀 이빨이 드러났다. 득의한 미소다. 그리고 마녀처럼 사악한 미소다.

순간 연달아는 그녀가 고방아가 아니라는 사실을 깨달았다. 고방아는 냉정할지언정 절대로 사악하지 않다.

"미쳤어?"

한발 늦게 연달아가 칼에 찔린 사실을 알아차린 아랑이 깜짝 놀라 날카롭게 외치면서 두 주먹을 불끈 쥐고 고방아를 쏘아보았다.

후악!

순간 고방아가 갑자기 뒤로 쏜살같이 날아가더니 벽에 호되게 부딪쳤다. 누가 갑자기 그녀를 뒤에서 잡아챈 듯한 광경이다.

"윽!"

무지막지하게 벽에 부딪쳤다가 바닥에 떨어진 고방아는 더 이상 고방아가 아니다.

가느다란 눈에 뾰족한 코와 얄팍한 입술을 지닌 여자의 모습. 세이레이의 모습으로 되돌아가 있었다. 방금 벽에 부딪친 충격으로 본모습을 되찾은 것이다.

방금 전까지만 해도 고방아의 라이더 복장, 즉 검은 가죽 재킷을 입고 있었는데 지금은 캐주얼 복장에 은테 안경을 끼고 있는 모습이다. 어떻게 옷마저도 변신시킬 수 있는 것인지 놀라운 일이다.

세이레이는 고방아가 경찰서 본관 밖으로 나가는 것을 발견하고는 즉시 고방아로 변신을 하여 연달아에게 접근, 급습한 것이었다.

세이레이의 오른손에는 흠뻑 피가 묻은 은칼이 쥐어져 있었다. 연달아를 찌른 바로 그 칼이다.

세이레이는 당황한 표정으로 아랑을 쳐다보았다. 설마 아랑이 염력으로 자기를 공격할 줄은, 그리고 그녀의 염력이 이처럼 강력할 줄은 전혀 예상하지 못했기 때문이다.

아랑은 재차 세이레이를 공격하려다가 연달아가 비틀거리면서 옆구리에서 분수처럼 피가 뿜어지는 것을 발견하고 혼비백산해서 그를 부축했다.

"오빠!"

와장창!

순간 세이레이가 번쩍 몸을 날려 맞은편 유리창을 박살 내면서 밖으로 쏘아나갔다.

그러나 아랑은 연달아 때문에 세이레이를 쫓을 엄두도 내지 못했다.

그녀는 옆구리에서 피를 쏟아내는 연달아를 부둥켜안은 채 당황해서 울음을 터뜨릴 뿐이다.

"오빠! 으아앙! 오빠! 어떻게 해?"

바로 앞에서 황예린을 붙잡고 있는 두 명의 경찰은 당황해서 그녀를 놓고 급히 부서진 창문으로 달려갔다.

그리고 맞은편에서 다가오던 유도한과 정요원이 놀라서 급히 연달아에게 달려왔다.

쿵!

창문을 깨고 아래쪽 주차장의 어느 차 지붕에 내려선 세이레이는 재빨리 주위를 둘러보았다.

그러면서 차를 타고 도망칠 것인지 그냥 맨몸으로 도망칠 것인지 아주 짧은 시간 생각하고는, 그냥 전방 20미터 거리의 담을 향해 몸을 날렸다.

차 지붕에서 훌쩍 몸을 날려 한 번의 도약으로 5~6미터나 날아갔다가 바닥을 딛고는 또다시 힘차게 뛰어올라 맞은편 주차장에 주차된 어느 승용차 지붕으로 뛰어올랐다. 놀라운 속도다.

그리고 다시 발로 승용차 지붕을 박차면서 두 번째 도약을 시도해서 솟구쳤다.

퍼퍼퍼퍽!

"흐윽!"

그런데 그 순간 어디에선가 날아온 총탄 네 발이 세이레이의 몸통 앞뒤에 꽂혔다.

은밀한 장소에 숨어 있는 다물의 군왕호위군과 여황호위군 저격 요원들의 솜씨다.

총탄에 맞은 세이레이는 그대로 승용차 지붕으로 떨어졌다가 바닥에 나뒹굴었다.

하지만 그녀는 벌떡 일어나 다시 담을 향해 달려갔다.

퍼퍼퍼퍼퍽!

그렇지만 그녀는 몇 미터도 가지 못하고 여러 방향에서 날아온 총탄에 벌집이 되었다. 무려 일곱 발의 총탄이 그녀의 몸통과 얼굴, 머리에 꽂혔다.

쿵!

세이레이는 한쪽 무릎을 꿇고 주저앉았다.

그때 본관 앞에 멈춰 있던 특수차량에서 내린 정장의 다물정요원 두 명이 세이레이에게 나란히 다가가면서 소음기가 부착된 이스라엘제 우지기관단총을 발사했다.

투두두둑! 스투두두둑!

한쪽 무릎을 꿇고 있던 세이레이의 온몸에 수십 발의 총탄이 쑤셔 박히며 몸뚱이를 걸레로 만들었다. 그리고 머리통이 수박이 깨지듯 박살 나서 피와 골이 그녀의 온몸을 적시고 바닥에 흥건하게 흘렀다.

두 명의 정요원은 누더기가 된 세이레이에게 가까이 다가와 기관단총을 겨눈 채 경계하며 살펴보았다.

머리가 박살 난 세이레이는 아직 이승에 남겨둔 한이 많은지 몸을 푸들푸들 떨다가 잠시 후에 그마저도 멈추었다.

그녀의 온몸에 박힌 총알을 모두 은탄이다. 정요원들은 묵인자와 그의 수행자들을 상대하기 위해서 은탄만을 사용하고 있다.

잠시 후에 무장한 경찰들이 새카맣게 몰려들어 두 명의 정요원을 겹겹이 포위했다.

그러나 곧 경비과장이 달려와 경찰들에게 세이레이의 시체를 처리하라고 지시하고는 두 명의 정요원을 데리고 경찰서 안으로 들어갔다.

황예린은 이층 창문에서 아래를 내려다보다가 안색이 해쓱하게 질렸다.

그녀는 고방아가 느닷없이 연달아를 은칼로 찌른 직후에 아랑이 손을 대지도 않았는데 세이레이가 벽으로 날려가서 부딪쳐 바닥에 쓰러졌으며, 방금까지 고방아였던 여자가 전혀 다른 모습으로 변한 모습을 똑똑히 목격했다.

또한 세이레이가 창문을 깨고 도망쳤다가 무참하게 사살되는 광경도 바로 위에서 모두 목격했다.

황예린은 사람이 죽는 광경을 그것도 수십 발의 총탄에 맞아서 몸이 누더기가 되고 머리가 박살 나 죽는 것을 난생 처음 보았다.

너무도 끔찍한 광경이라서 그녀는 신음조차 지르지 못하고 몸을 바들바들 떨기만 했다.

"우욱. 웩!"

결국 그녀는 창문 아래에 쪼그리고 앉아서 격렬하게 토하기 시작했다.

연달아는 즉시 의무실로 옮겨졌다.

은칼은 왼쪽 겨드랑이 아래에서 찔러 들어와 그의 심장을 절반 이상 파고들었다.

그는 의식을 잃지 않았다. 하지만 의무실 침대에 누운 채 움직이지 못하고 천장을 보면서 눈만 껌뻑거렸다.

그를 일단 의무실로 데리고 왔지만 그곳에서 할 수 있는 일은 아무것도 없었다.

심장을 찔렸기 때문에 콸콸 쏟아져 나오는 피를 멈추게 할 수도 없고 다른 어떤 조치도 취하지 못했다.

의무실에는 연달아와 고방아, 아랑, 유도한, 그리고 군왕호위군 대장 장철환이 있다.

모두들 큰 병원으로 가야 한다고 서두르는 것을 연달아가 그냥 여기에 있겠다고 했다.

보통사람이 이런 상태면 수분 내에 죽고 만다. 하지만 연달아, 즉 런너가 당했기 때문에 뭔가 소생할 방법을 스스로 만들어내지 않을까 하고 희망을 걸었다.

고방아는 아직 어떻게 된 영문인지 모르고 있다. 황예린이 찍은 사진 속의 여자를 찾으러 건물 밖에 나갔다가 돌아와 보니까 이층 복도 바닥에 피가 흥건하고 연달아와 아랑의 모습은 보이지 않았다.

그곳을 지키고 있던 경찰이 칼에 찔린 사람의 인상착의와 그가 의무실로 옮겨졌다고 해서 설마 하는 불길한 마음으로 달려왔는데 이 상황이 벌어져 있는 것이다.

연달아는 침대에 가만히 누워서 꼼짝도 하지 않았다. 왼쪽 겨드랑이 아래 찔린 곳에서는 피가 계속 흘러나왔으며, 연달아가 칼에 찔렸을 때부터 실성한 사람처럼 울부짖고 있는 아랑이 거즈를 쥔 손으로 상처 부위를 힘을 주며 누르고 있었다.

고방아는 연달아를 보면서 어떻게 해야 할지 모른 채 믿어지지 않는다는 표정을 지었다.

"런너가 칼에 찔리다니. 아니, 그렇다고 해도 쓰러져서 꼼짝도 못하는 것은 말이 안 되잖아?"

아랑은 원망하듯 고방아를 쏘아보며 소리쳤다.

"은칼에 찔렸어! 알아들어? 은칼이라고!"

"은칼……."

고방아는 뒤통수를 호되게 얻어맞은 표정을 지었다.

"누가 은칼로 찔렀다는 거야?"

"텐쵸오의 정령이었어!"

"정령이 가까이 오는 것을 몰랐단 말이야?"

아랑은 시뻘겋게 핏발이 곤두선 눈으로 고방아를 쏘아보면서 악다구니를 썼다.

“너 때문이야!”

“나 때문이라고?”

“왜 혼자 멋대로 오빠 옆을 떠난 거야? 그러니까 오빠가 당한 거잖아!”

아랑은 제정신이 아닌 것처럼 울부짖었다.

하지만 고방아는 아랑의 말을 이해하지 못했다. 어째서 자기가 연달아 곁을 잠시 떠난 것 때문에 그가 정령에게 습격을 당했다는 말인가.

장철환이 심각한 얼굴로 공손하게 설명했다.

“정령이 여황으로 변신하여 군왕께 접근하여 습격을 한 것입니다.”

“……”

고방아의 얼굴에서 핏기가 싹 사라졌다. 그녀가 멍한 얼굴로 크게 휘청거리는 것을 장철환이 급히 부축했다.

고방아는 연달아가 그처럼 속수무책 당할 수밖에 없었던 이유를 이제야 알게 됐다.

정령이 고방아로 변신하여 접근했다면 그는 추호도 의심하지 않았을 것이다.

더구나 런너와 수행자, 수호자는 은탄이나 은칼에는 치명적이다. 정령은 연달아를 죽일 작정으로 은칼로 찌른 것이다.

고방아는 연달아가 이 지경이 된 원인이 자기 때문이라는 생각에 머릿속이 새하얗게 돼버렸다. 왜 그때 충동적으로 연달아 곁을 떠난 것인지 후회막급이다.

너무 큰 충격을 받아서인지 눈물도 나오지 않았다. 단지 평생 한 번도 경험해 본 적이 없는 극도의 절망을 느꼈다.

연달아가 죽는다는 것은 한 번도 생각한 적이 없었는데, 그게 성큼 현실로 다가왔다.

만약 그가 죽는다면 어떻게 되나. 그러나 거기까지 밖에 생각할 수가 없었다.

그 이후는 아무 생각도 나지 않았다. 그가 죽으면 모든 게 끝이기 때문이다.

왜 끝인지는 생각나지도 생각하고 싶지도 않았다. 그냥 끝이라는 생각만 들었다.

"오빠! 죽으면 안 돼! 날 두고 죽으면 안 돼!"

아랑은 이성을 잃고 처절하게 울부짖었다.

고방아는 그 소리가 먼 곳에서 들리는 것처럼 몽롱한 상태다. 세상이 멈춰 버린 듯한 느낌이다.

연달아는 천천히 고개를 돌려 아랑을 보면서 엷은 미소를 지었다.

"랑아, 잠시 물러나 있어라."

"오빠……."

아랑은 안타깝고도 착잡한 표정으로 눈물을 펑펑 쏟으면

서 연달아를 바라보았다.

그녀는 연달아가 무언가를 시도하려 한다는 것을 알아차렸다. 지금은 그 방법뿐이다.

아무도 그를 도울 수 없다. 그 자신만이 도와야 한다. 그녀는 그의 상처에서 손을 떼고 물러났다.

그녀의 두 손은 피범벅이었다. 연달아의 심장에서 흘러나온 뜨거운 피다.

고방아는 장철환의 부축을 뿌리치고 연달아 머리맡으로 바짝 다가가서 횡한 눈빛으로 그를 굽어보았다. 자꾸 눈물이 고여들어서 그의 모습이 잘 보이지 않아 손등으로 눈물을 닦았다.

그의 시선과 고방아의 시선이 부딪쳤다. 고방아의 눈빛이 간절하게 말했다.

'죽지 마.'

연달아는 빙그레 미소 지었다.

'알았다.'

이어서 그는 스르르 눈을 감았다. 그러자 아랑과 장철환, 유도한은 그가 잘못되는 줄 알고 깜짝 놀랐다.

"오빠!"

"물러나!"

아랑이 비명을 지르며 달려드는 것을 고방아가 팔을 뻗어

제지했다.

고방아는 방금 연달아가 눈빛으로 전한 말을 믿는다. 죽지 말라고 했더니, 그가 알았다고 대답했다. 그럼 죽지 않을 것이라고 굳게 믿었다.

연달아는 고구려 요동욕살 시절에 전장에 나가서 수많은 전투를 치르는 와중에 많은 상처를 입었었다. 하지만 심장을 찔린 적은 한 번도 없었다.

지금 그는 몸에 힘이 없다. 찔린 상처 부위로 피가 흘러나가면서 기력도 빠져나가는 것 같았다.

하지만 그는 무한런너가 이런 식으로 쉽게 죽지는 않을 것이라고 생각했다.

"명심해라. 전능을 갖고 있는 자는 신도 죽일 수 있으며 죽은 자도 살릴 수 있는 능력을 지니고 있다는 사실을. 그 말은, 네가 전능을 지니고 있으면 신도 될 수 있고 또 악마도 될 수 있다는 뜻이다."

고구려 요동 정자산 동굴에서 만났던 보장태왕은 연달아에게 그렇게 말했었다.

전능은 신도 죽일 수 있으며 죽은 자도 살릴 수 있다. 또한 신도 될 수 있으며 악마도 될 수가 있다. 말 그대로 '전능' 인 것이다.

그런데 지금까지 연달아가 발휘한 능력은 그것에 훨씬 못 미치는 것이었다. 아니, 전능의 1%에도 미치지 못했다는 생각이다.

현재의 그는 모든 것에서 불완전한 상태다. 만약 전능을 완전히 자신의 것으로 만들었다면 그는 그야말로 전능자가 될 것이다.

'전능을 내 것으로 만들자. 여태까지 전능을 일 푼어치밖에 사용하지 못했다면 이제 이 푼, 아니, 삼 푼으로 끌어올리자. 점점 더 강해져야만 한다. 그러지 못하면 이런 일이 계속 반복될 것이다.'

연달아는 자신의 몸속 아니면 정신 어딘가에 있는 전능을 이끌어내기 위해서 심신을 무아(無我)의 상태로 만들려고 노력했다.

전능이 마음껏 발휘하려면 아무것도 거치는 것이 없어야 한다는 생각에서다.

육신도 정신도 마음도 잡념도 모두 없애 버리면 오직 전능만이 남을 것이라고 짐작했다.

고방아와 아랑 등은 숨을 죽인 채 연달아를 지켜보았다. 모두들 그가 이렇게 허무하게는 절대로 죽지 않을 것이라는 한 가닥 희망을 움켜잡고 있었다.

이윽고 연달아는 자신이 망망대해 바다 위에 혼자 둥둥 떠 있는 듯한 절대고독을 느끼기 시작했다.

그러더니 그의 몸이 천천히 아래 심해로 가라앉았다. 그리고 그의 아래쪽 심해에서 하나의 커다란 빛덩이가 눈부시게 빛나고 있는 것을 느꼈다. 단지 느꼈을 뿐이다.

"아……."

그때 연달아의 왼쪽에 서 있던 유도한이 그의 옆구리를 보면서 나직한 탄성을 토해냈다. 옆구리에서 흘러나오던 피가 멈춘 것을 발견한 것이다.

"아아……."

그런데 이번에는 아랑이 탄성을 터뜨렸다.

연달아의 몸에서 부옇고 흐릿한 금빛 광채가 뿜어지는 것을 발견했기 때문이다.

모두들 경탄하면서 보고 있는 동안에 금빛 광채는 점점 더 짙어지더니 연달아의 몸을 감싸서 잠시 후에는 그의 모습이 보이지 않게 되었다.

이제는 침대까지도 보이지 않았다. 하나의 커다란 금빛 달걀 같은 것이 그곳에 놓여 있었다.

그러더니 달걀 모양이 점차 다른 형상으로 변해갔다. 네 사람은 눈을 커다랗게 뜨고 지켜보았다.

금빛 달걀의 모습이 이지러지면서 날개가 생겨나고, 머리와 꼬리, 그리고 세 개의 다리가 생기더니 어느새 한 마리 커다란 황금빛 새의 모습이 되었다.

그 새를 보고 고방아가 신음을 하듯 중얼거렸다.

"삼족오……."

그 새는 바로 황금빛 삼족오였다. 날개를 둥글게 말아서 웅크리고 있었다.

구오오―

그때 삼족오가 날개를 크게 퍼덕이면서 낮게 날아오르며 기이한 울음소리를 냈다.

아름다운 소리 같기도 하고, 장중한 북소리 같기도 한 신비한 울음소리였다.

고방아와 아랑 등은 숨을 멈추고 눈도 깜빡이지 않은 채 삼족오에 시선을 고정시키고 자신들도 모르게 주춤주춤 몇 걸음 뒤로 물러났다. 삼족오에게서 위엄이 흘러나와 도저히 가까이 있을 수가 없었다.

커다란 날개를 활짝 펼친 채 1미터 높이로 낮게 떠 있는 삼족오 아래에 연달아가 눈을 감은 채 똑바로 누워 있는 모습이 흐릿하게 보였다.

삼족오에게서 금빛 안개 같은 것이 폭포처럼 흘러내리면서 연달아의 몸속으로 스며들고 또는 감싸고 씻으면서 바닥으로 떨어져 스러져 갔다.

고방아와 아랑, 장철환, 유도한은 단지 쳐다보는 것만으로 경건함을 느꼈다. 자신들이 한낱 보잘것없는 하찮은 존재로 여겨졌다.

그들은 그 광경을 보면서 연달아가 진정한 고구려의 선구자이며 구원자, 그리고 오로지 그만이 21세기 고구려 제국을 이룩할 수 있다는 사실을 깨달았다.

그때 황금빛 삼족오가 서서히 하강했다. 그리고는 누워 있는 연달아의 몸과 겹쳐졌다.

연달아는 삼족오에게, 삼족오는 연달아에게 스며들면서 둘은 합체되어 하나가 되어갔다.

그리고 모든 것이 끝났다. 실내를 금빛으로 물들였던 황금색 서기(瑞氣)도, 삼족오도 사라지고 단지 연달아만이 침대에 똑바로 누워 있을 뿐이다.

모두들 극도로 긴장하고 또 기대하는 표정으로 연달아를 바라보았다.

아랑이 몸을 굽혀서 자세히 살펴보자 연달아의 옆구리 상처가 말끔해졌다.

피가 멈췄으며 거기에 상처가 있었는지도 모를 정도다. 은 칼에 찔리면서 찢어졌던 옷도 원래의 모습이다. 그는 병원에 있을 때 아랑이 사준 야구점퍼에 청바지를 입은 단정한 모습으로 그렇게 누워 있었다.

슥.

그리고 연달아가 천천히 눈을 떴다. 아무 일도 없었던 것처럼 몸을 일으켜 침대에서 내려와 두 발로 바닥을 딛고 우뚝 섰다.

"오빠… 이제 괜찮아?"

아랑이 주춤거리면서 다가와 조심스럽게 그의 팔을 잡았다.

"다 나았다."

연달아는 아랑의 머리를 쓰다듬으면서 빙그레 미소 지었다.

"흑."

아랑은 너무 기뻐서 아무 말도 하지 못하고 그의 팔을 붙잡고 어깨에 얼굴을 묻으며 낮게 흐느끼는 소리를 냈다.

오빠가 살아났다는 사실이 숨이 막힐 정도로 기뻤다. 또한 평소에는 알지 못했던, 그가 살아 있다는 것이 얼마나 고마운 일인지 절실하게 깨달았다.

그가 죽을 뻔한 고비를 겪을 때 아랑도 같은 고비를 겪었고 또 깨달음을 얻었다.

연달아는 천천히 두 걸음 내디뎌서 고방아 앞에 섰다.

고방아는 감정을 억제하려고 가늘게 몸을 떨면서 입술을 꼭 깨물고 그를 주시했다. 그러나 두 눈은 어느새 물기에 젖어 있었다.

"미안해."

연달아는 손을 뻗어 그녀의 뺨을 부드럽게 어루만졌다.

"괜찮다."

슥.

고방아가 반걸음 앞으로 다가오더니 상체를 기울여 이마를 연달아의 가슴에 살며시 대고 아무 말도 하지 않았다.

연달아는 두 손을 들어 오른손으로 고방아의 등을, 왼손으로는 아랑을 부드럽게 안았다.

세 사람은 아무 말도 하지 않았지만 많은 말을 한 것보다 더 깊은 의미를 침묵 속에 주고받았다.

고방아와 아랑은 더 깊이 연달아의 품으로 파고들었고, 연달아는 두 팔에 좀 더 힘을 주어 그녀들을 안았다.

유도한과 장철환은 흐뭇한 미소를 지으면서 그 모습을 바라보았다.

그러나 장철환이 힐끗 자신을 쳐다보자 유도한은 찔끔해서 얼른 고개를 숙였다.

퍽!

"윽!"

그때 둔탁한 소리와 나직한 신음소리가 동시에 터졌다.

고방아가 연달아 품에서 빠져나오며 도끼눈을 뜨고 그를

노려보았다.

“누가 안으랬어?”

그녀가 무릎으로 연달아의 사타구니를 걷어찬 것이다.

제38장

전략과 전술

R U N N E R
런너

　　연달아는 텐쵸오와 솔저를 강현욱에게 넘기려던 생각을
바꾸었다.

　　정령의 습격을 받고 나서 그는 텐쵸오를 너무 가볍게 다루
었다는 생각이 들었다.

　　그래서 텐쵸오와 솔저를 다물 본부로 이송해서 좀 더 깊숙
이 그들을 조사하기로 했다.

　　텐쵸오와 솔저는 청평 별장에서 타고 온 특수차량에 다시
태워져서 강남경찰서를 출발했다.

"유도한은 다물의 정요원입니다."

장철환이 자기 옆에 서 있는 유도한을 가리키면서 소파에 나란히 앉아 있는 연달아와 고방아, 아랑에게 정중하게 말했다.

그의 말에 제일 놀란 사람은 고방아다. 그녀는 어이없다는 표정으로 유도한을 쳐다보았다.

"선배님."

유도한은 고방아에게 깊숙이 허리를 굽혔다.

"죄송합니다, 여황 폐하."

고방아는 유도한이 허리를 굽힌 상태로 가만히 있자 잠시 그를 쏘아보다가 나직이 한숨을 쉬었다.

"고개 들어요."

그녀는 약간의 배신감을 느끼면서 그를 쳐다보았다.

"언제 다물의 정요원이 됐죠?"

"경찰대학을 졸업한 직후였습니다."

"내 존재는 언제 알게 됐어요?"

"정요원이 되고 나서 바로 알았습니다."

"나 참. 그러면서도 감쪽같이 날 속이고."

"죄송합니다, 여황 폐하."

고방아는 잠시 유도한과의 과거를 돌이켜 보았다. 그는 고방아의 3년 선배다. 그리고 그녀가 가장 존경하는 선배이며 롤모델이기도 했었다.

이제 생각해 보니 그녀에게 어렵고 곤란한 일이 생겼을 때마다 유도한이 도움을 주었다.

그녀가 시경에서 사고를 치고 꼴통으로 낙인이 찍혀서 지방으로 좌천될 위기에 처했을 때 강남경찰서로 발령되도록 힘을 써준 사람도 유도한이었다.

그런데 유도한이 다물의 정요원이었다니 꿈에도 예상하지 못했던 일이다.

"선배님은 어디 소속이죠?"

"외부지원 3팀 정요원입니다."

고방아가 쳐다보자 장철환이 설명했다.

"다물 내부에는 군왕호위군과 여황호위군, 7개 팀의 다물 정군, 내부지원 6개 팀이 있으며, 외부에는 총 40개 공격, 해외, 지원, 전술팀이 있습니다."

고방아는 예상했던 것보다 다물의 규모가 훨씬 크다는 생각이 들었다.

"내가 알고 있는 사람 중에 정요원이 더 있어?"

"있습니다."

"말해봐."

고방아는 어디 들어나 보자는 듯 팔짱을 꼈다.

장철환은 미리 준비했던 것처럼 거침없이 줄줄 읊었다.

"경찰청장과 국방장관, 합참의장, 육, 해, 공군참모총장, 해병대사령관, 수도경비사령관, 수도군단사령관, 헌병사령관, 해경총장, 각군 군단장, 대법원장, 국회의장, 그리고 장관과 국회의원들 중에서는……."

"그만!"

고방아는 장철환이 감히 여황을 상대로 농담을 하지는 않을 것이라고 생각했다.

하지만 그의 말은 아예 농담의 도를 넘어서 고방아를 농락하는 것만 같았다.

고방아가 아는 사람 중에서 정요원이 있느냐니까 얼토당토않은 이름들만 줄줄이 읊어대고 있지 않은가. 경찰청장에 국방장관, 국회의장까지 다물의 정요원이라는 것이 말이 되느냐는 말이다.

"지금 장난해?"

장철환은 버쩍 얼어서 몸이 뻣뻣해졌다.

"장난이라니… 제가 어떻게 감히……."

고방아의 눈이 동그랗게 커졌다. 장철환의 태도로 봐서는 절대 장난한 것이 아니다.

그렇다면 방금 그가 읊은 사람들은 다물의 정요원이라는 뜻이다. 대한민국의 정치와 국방, 안보를 좌지우지하는 고위급 인물들이 말이다.

“맙소사.”

장철환이 말한 이름들은 고방아가 익히 알고 있는 사람들이다. 사적으로 친분이 있어서가 아니라 그들이 워낙 유명한 인물들이기 때문이다.

문득 고방아는 무심코 유도한을 보다가 움찔했다. 그가 놀라는 표정을 짓고 있는 것을 발견했기 때문이다.

그렇다. 유도한은 방금 장철환이 한 말에 놀라는 것이 분명했다.

유도한이 아무리 정요원이라고 해도 그런 사실까지는 모르고 있었을 것이다.

“다물에도 보안 등급 같은 것이 있나?”

“그렇습니다.”

고방아가 뜨악한 표정으로 묻자 장철환이 공손히 대답했다.

“나는 몇 등급이지.”

“무한 등급입니다.”

“몇 등급까지 있지?”

“5등급입니다.”

고방아가 힐끗 유도한을 쳐다보자 장철환이 말했다.

“그는 5등급입니다.”

‘이런……’

　　고방아는 자신이 실수했음을 깨달았다. 5등급 앞에서 다물의 정요원들을 주르르 나열했으니 이건 치명적이다. 어느 조직이나 부서든지 인물에 대한 정보가 최고 레벨의 기밀사항이라는 것은 상식이다.

　　"나는 몇 등급이야?"

　　아랑이 호기심으로 눈을 빛내면서 묻자 장철환은 지체없이 대답했다.

　　"군왕 전하와 여황 폐하, 그리고 다물수호대는 무한 등급입니다."

　　"헤에."

　　아랑은 좋아서 입이 벌어졌다.

　　고방아는 착잡한 표정으로 유도한을 쳐다보았다.

　　"선배님."

　　"넵!"

　　유도한이 부동자세를 취했다.

　　"방금 들은 것 싹 잊으세요."

　　"알겠습니다."

　　하지만 고방아는 그가 죽을 때까지 그 사실을 잊지 못할 것이라는 사실을 잘 알고 있다.

　　연달아와 고방아, 아랑은 피 묻은 옷을 벗고 호위대 정요원이 갖다 준 옷으로 갈아입었다.

준비된 옷이 정장뿐이라서 세 사람 모두 정장을 입었다. 연달아는 처음 입는 정장이지만 모델 뺨치게 잘 어울렸다. 캐주얼을 입었을 때하고는 또 다른 분위기다.

젊은 CEO처럼 보이기도 하고, 영화배우나 스포츠선수 같기도 했다.

고방아도 옷걸이가 좋아서 아무 옷이나 잘 어울리기는 마찬가지다.

하지만 아랑에겐 정장이 마치 교복을 입혀놓은 것 같았다. 깨물어주고 싶도록 귀엽다는 점에서는 그녀도 정장이 잘 어울리는 편이다.

경찰서 주차장까지 유도한이 따라나왔다.

유도한은 자신의 정체가 밝혀지고 나서는 고방아를 똑바로 쳐다보지도 못했다. 고방아의 진정한 신분이 무엇인지 잘 알고 있기 때문이다.

"저……."

연달아 등이 밴틀리 옆에 서자 유도한이 조심스럽게 말문을 열었다.

"박미진이라고 기억하십니까?"

"걔가 왜요?"

장철환이 열어주는 운전석 문으로 타려다가 고방아가 의아한 얼굴로 물었다.

박미진이라면 여고생납치사건으로 연달아와 고방아가 구해주었던 여고생이다.

그녀에게 무슨 일이 생긴 것이라고 직감한 고방아는 조금 긴장했다.

"박미진에게서 저에게 계속 전화가 오는데 그 아이가 좀 이상하답니다."

"어떻게 이상하대요?"

"글쎄, 행동이 이상하다는 겁니다. 자세한 말은 하지 않는데 군왕 전하를 만나고 싶어 합니다."

유도한은 조수석 옆에 서 있는 연달아를 조심스럽게 쳐다보았다.

"나를?"

"그렇습니다. 그 아이 엄마가 군왕 전하께 박미진을 꼭 보이고 싶답니다."

연달아가 쳐다보자 고방아는 가볍게 고개를 끄덕였다.

"가는 길에 들러보지 뭐."

장철환은 연달아 일행이 호위군 정요원이 운전하는 방탄승용차에 타기를 간곡하게 권했으나 고방아는 일언지하에 거절하고 밴틀리에 탔다.

그것도 자기가 직접 운전하고 강남경찰서를 출발했다. 속박받는 것을 싫어하는 고방아가 남이 운전하는 방탄 승용차를 탈 리가 없다.

박미진의 집으로 가는 동안 연달아는 선글라스를 쓰고 조수석에 깊숙이 몸을 묻은 자세로 생각에 잠겼다.

아랑은 그의 무릎에 앉아 등을 기대고 얌전히 있었다. 그의 생각을 방해하지 않으려는 것이다.

지금 연달아는 두 가지에 대해서 생각하고 있다. 첫째는 아까 고방아의 모습으로 변신해서 그를 공격했던 정령에 대한 것이다.

장철환의 보고에 의하면 강남경찰서 주변에서 정령의 동조자로 보이는 자를 발견하지 못했다고 한다.

즉, 정령은 단독으로 행동한 것이다. 그녀가 연달아를 공격할 때와 도주할 때, 그리고 죽는 순간까지 아무도 그녀를 돕지 않았다.

정령은 텐쵸오의 부하로 제2수행자다. 텐쵸오와 솔저는 연달아에게 제압되었고, 디스트로이어와 사도는 죽었다.

텐쵸오의 부하로는 정령 혼자만 남았다. 그런 그녀가 단독으로 연달아를 공격했다.

그것은 그녀가 대한민국에 들어와 있는 다른 가디언들하

고 동떨어져서 행동하고 있으며, 그들의 명령을 받고 있지 않고, 연락을 취하지도 않는다는 뜻이다.

그랬다면 연달아와 고방아를 발견한 사실을 그들에게 보고를 하고 명령을 기다렸을 것이다.

가디언들이 연락을 받았다면 절대로 정령에게 단독으로 공격하라고 명령하지 않았을 것이다.

연달아가 가디언이라고 해도 그랬을 것이다. 무모한 짓이기 때문이다.

그러므로 정령은 가디언들에게 보고하지 않았다. 그것은 분명하다. 하지만 사진을 찍었으니 나중에 그것이 가디언들의 수중에 들어갈 것이다.

호위군 정요원들이 정령의 차에서 카메라와 노트북을 발견해서 분석을 하러 갖고 갔다.

장철환의 말에 따르면 사진을 노트북을 이용해서 누군가에게 보냈는데, 노트북을 분석해 보면 누구에게 보냈는지 알아낼 수 있다고 했다.

어쨌든 연달아와 고방아에, 이제는 아랑까지도 묵인자의 모든 가디언들과 수행자들에게 얼굴이 알려지게 될 것이다.

그렇다는 것은 연달아와 고방아, 아랑이 예전처럼 거리를 활보하기 어려워졌다는 의미다.

누가 적인지 모르는 상황에서는 언제 어디에서 공격을 당할는지 알 수가 없다.

연달아가 생각하고 있는 또 하나는 대한민국에 들어와 있는 세 명의 가디언들에 대해서다.

연달아의 생각으로는 그들의 목적이 대한민국의 전복, 붕괴, 혹은 교란인 것 같다. 그게 아니더라도 그와 비슷한 목적일 것이 분명하다.

연정토의 분석이 맞다. 가디언들은 육군참모차장과 부총리 등 여덟 명의 거물을 차례로 암살하여 대한민국을 전복시키거나 최악의 혼란으로 빠뜨리려는 것이 목적인 듯하다.

그래서 놈들은 텐쵸오나 그녀의 부하들과 연락을 취하지 않는 것이다. 목표가 다르기 때문이다. 그렇다면 텐쵸오를 구하려고 하지도 않을 것이다. 가디언들은 목적에만 충실하고 있다.

그들 세 명의 가디언의 목적이 대한민국 요인 암살이라면, 연달아와 고방아, 아랑의 얼굴을 알게 되는 순간 당장 손을 쓸 것이 분명하다.

백 명 천 명의 요인을 암살하는 것보다 연달아와 고방아를 죽이는 것이 훨씬 더 효과적이기 때문이다.

'그런데 묵인자가 다물의 목적을 알고 있을까?'

문득 연달아는 그런 의문이 들었다. 하지만 그건 아닐 거라고 생각했다.

이쪽에서 묵인자의 목적을 모르듯이, 그들도 다물의 목적
이 무엇인지 모를 것이다.

"먼저 쳐들어가자."

연달아가 오랜 생각 끝에 불쑥 입을 열자 고방아와 아랑은
움찔 놀라 동시에 그를 쳐다보았다.

"뭘?"

고방아가 운전하면서 의아한 표정을 지었다. 그녀는 아까
자기 때문에 연달아가 죽을 고비를 넘기는 쓰라린 경험을 한
이후 평소와는 달리 기가 많이 꺾인 모습이다.

"가디언들 말이야. 우리가 먼저 선공하는 게 좋겠다."

고방아와 아랑은 똑같이 눈을 동그랗게 떴다. 선공을 하다
니, 전혀 예상하지 못했던 일이다. 고방아와 아랑은 역시 똑
같이 밝은 표정으로 외쳤다.

"그거 좋다!"

"찬성이야, 오빠!"

아랑은 뱅그르 몸을 돌려 다리를 넓게 벌려 연달아와 마주
보는 자세로 앉고는 작은 주먹을 쥐고 허공에 흔들면서 생글
생글 웃었다.

"가만히 앉아서 당하고 있는 것보다는 먼저 때려잡는 게
훨씬 좋아!"

아랑은 자신의 알파 능력을 한시라도 빨리 발휘해 보고 싶

어서 작은 궁둥이를 들썩거리면서 재촉했다.

"오빠! 지금 그놈들에게 가는 거야?"

"인석아, 좀 가만히 있어라."

연달아는 아랑이 궁둥이를 세게 구르자 그녀의 중요한 부위가 자신의 성기를 쿵쿵 찧게 되니까 손을 뻗어 그녀를 약간 뒤로 물러나게 밀었다.

그런데 그것이 엉겁결에 다리를 활짝 벌리고 있는 그녀의 중요한 부위에 손을 대고 민 것이다.

"……."

아랑은 움찔하면서 동작을 뚝 멈추고, 연달아는 그녀보다 조금 늦게 그 사실을 알아차렸다.

"계획은 세웠어?"

그때 고방아가 힐끗 쳐다보면서 묻자 아랑은 들킬까 봐 얼른 연달아에게 바짝 다가앉으면서 다리를 오므리며 그의 손을 가렸다.

그 바람에 위를 향해 펼쳐져 있는 연달아의 손바닥을 아랑의 작은 궁둥이가 깔고 앉은 꼴이 돼버렸다.

연달아는 아랑이 장난을 하는 것이라고 생각했다. 그리고 고방아가 질문을 했기 때문에 손은 그대로 놔두고 그녀를 쳐다보았다.

"박미진에게 들렀다가 가면서 생각해 보자."

"어디로 가는지를 정하는 것은 전략이고, 어떻게 가느냐는 것은 전술이야. 전략은 있는데 전술도 없이 무작정 가겠다는 거야?"

앙큼한 아랑은 얼굴이 빨개져서 아무 말도 하지 않고 두 팔로 연달아의 등을 꼭 끌어안고 뺨을 그의 가슴에 묻은 채 꼼짝도 하지 않았다.

"좋은 얘기다."

연달아는 오른손을 아랑에게 맡겨둔 채 고개를 끄덕였다.

"전쟁에서 전략만큼 중요한 것이 전술이지. 전쟁에서 무작정이라는 것은 없다. 그 대가는 쓰라린 패배뿐이다."

"맞아. 그래서 전술을 어떻게 세울 거지?"

"전체적인 전술은 정토 형님에게 맡기고, 세부적인 전술은 우리가 세운다."

"굿!"

아랑은 더 앙큼을 부렸다. 자기 궁둥이보다 더 큰 연달아의 손을 깔고 앉은 채 궁둥이를 요리조리 살랑살랑 움직이며 까불었다.

연달아는 손을 빼고 아랑의 궁둥이를 때리며 슬쩍 엄한 표정을 지었다.

"헤헤헤."

아랑이 작게 기분 좋은 몸부림을 치면서 품속으로 파고드는 것을 뇌두고 연달아는 조금 전에 결정한 것을 연정토에게 정신으로 메시지를 보냈다.

그러고 나서 고방아에게 말했다.

"하나요메를 잡자."

그것은 선공을 하자고 마음속으로 결정할 때부터 계산하고 있던 것이다.

"잡아서 텐쵸오처럼 심문을 해서 다 털어놓게 만드는 거야?"

"그렇다."

"좋아. 그러면 쿠로카미와 카류우가 어디에 있는지, 또 다음 암살 대상은 누군지를 알 수 있을 거야."

차 안에 잠시 침묵이 흘렀다. 고방아는 앞을 보고 운전을 하면서 잠시 후에 불쑥 물었다.

"아까 경찰서 의무실에서 일 기억나?"

연달아가 무슨 말이냐는 듯 쳐다보자 고방아는 그를 힐끗 쳐다보았다.

"달아 몸에서 황금빛 삼족오가 나왔던 것 말이야."

"삼족오가?"

연달아의 의아한 표정으로 봐서는 모르는 것 같았다.

연달아 가슴에 얼굴을 묻고 있던 아랑이 고개를 들고 흥분해서 두 팔을 벌리고 과장된 동작을 해 보이며 떠들었다.

"굉장히 크고 멋있는 새였어! 아니, 삼족오! 그게 이렇게 떠서 오빠한테 황금빛 가루 같은 것을 폭포처럼 뿌려주더니 잠시 후에 오빠 몸속으로 스르르 스며들었다니까?"

"삼족오라……."

연달아는 그것을 보지는 못했지만 그 삼족오가 전능의 또 다른 모습일 것이라고 생각했다.

그게 아니면, 전능은 형체를 갖추고 있지 않지만 연달아가 고구려 사람이고 또 삼족오와 밀접한 관계가 있으니까 전능이 삼족오의 모습으로 나타났을 수도 있을 것이다.

박미진 엄마는 연달아와 고방아를 보고는 어렸을 때 헤어진 형제하고 상봉한 것처럼 기뻐했다.

연달아와 고방아에게 큰 은혜를 입었고, 또 두 사람이 너무 마음에 들었기 때문이다.

그런데 박미진 엄마는 연달아 왼쪽에 서 있는 아랑을 보고는 어디선가 본 것 같은 느낌이 들어서인지 연신 고개를 갸웃거렸다.

그러나 설마 대한민국 최고 아이돌인 아랑이 자기네 집에 찾아올 줄은 꿈에서도 예상하지 못했고, 지금은 정신이 없는 상황이라서 아랑을 조금도 알아보지 못했다.

박미진 엄마의 말에 의하면 박미진은 연달아가 치료를 해

준 지 열흘째 되는 날부터 학교에 가지 않는다고 했다.

무슨 이유인지 말도 하지 않고 하루 종일 방 안에만 틀어박혀서 두문불출한 채 틈만 나면 빨리 연달아를 불러달라고 하소연하고 있다는 것이다.

똑똑.

"미진아, 연달아 씨 오셨어."

박미진 엄마가 방문을 두드리고 얼마 지나지 않아서 문이 열리고 박미진이 모습을 나타냈다. 무슨 일이 있었는지 눈이 붉게 충혈되고 수척한 모습이다.

연달아는 그녀가 못 먹어서가 아니라 뭔가 고민을 하고 있다는 것을 짐작할 수 있었다. 그녀의 모습을 보면 심각한 고민이 틀림없을 것이다.

박미진은 연달아를 보더니 울음을 터뜨리며 그의 품으로 뛰어들어 안겼다.

박미진은 보여줄 것이 있다면서 아무도 없는 산으로 가자고 말했다.

고방아는 박미진을 밴틀리에 태우고 그곳에서 가장 가까운 대모산으로 갔다.

박미진은 몹시 격앙된 상태였다. 흥분이 지나쳐서 패닉 상태라고 해야 할 정도였다.

연달아와 고방아는 도대체 무엇이 그녀를 이 지경으로 만들었는지 궁금했다.

그들이 있는 곳은 대모산 깊은 산중이고 등산로에서 멀찍이 벗어난 곳이라서 인적이 전혀 없었다.

연달아와 고방아, 아랑이 나란히 서 있고 그들 앞 3미터 거리에 박미진이 마주 보고 섰다.

박미진은 많이 긴장한 듯한 표정으로 연달아를 주시하고 있다가 고개를 들어 위를 올려다보았다.

휙!

그 순간 무릎을 약간 굽히는 것 같더니 갑자기 위로 솟구쳐 올랐다.

그런데 놀랍게도 지상으로부터 7~8미터 높이까지 솟구쳐 올라서 그곳에 뻗어 있는 나뭇가지를 두 손으로 잡고 매달리는 것이 아닌가.

연달아 등은 뜻밖이라는 표정을 지었으나 그다지 크게 놀라지는 않고 그녀를 올려다보았다.

탁!

박미진은 두 손을 놓고 아래로 곧장 하강하더니 두 발로 가볍게 땅에 내려섰다.

그녀는 연달아를 쳐다보았다. 어떻게 하면 좋겠느냐고 그녀의 표정이 묻고 있었다.

연달아가 아무 말도 하지 않고 있자 그녀는 갑자기 몸을 돌려 뒤에 있는 나무를 향해 어설픈 동작으로 힘껏 오른발을 날렸다.

빡!

그녀는 태권도 유단자도 아닌 연약한 여고생이다. 누군가를 때리고 부수는 방법을 알고 있을 리가 없다.

방금 발로 나무를 가격한 것도 어설프기 짝이 없는 동작이었다.

그녀의 정강이가 나무를 때렸다. 그 정도면 정강이가 부러지거나 부상을 입는 결과가 나올 것이다.

우지직!

그런데 어른이 두 팔로 안으면 손끝이 닿을 정도 굵기의 아름드리나무가 연약한 그녀의 발길질 일격에 맥없이 부러져 나뒹굴었다.

박미진은 엉성한 동작으로 나무를 발길질하고 나서는 비틀거리다가 땅에 주저앉았다. 하지만 곧 일어나면서 연달아를 쳐다보며 울상을 지었다.

"어떻게 생각하세요?"

그녀의 정강이는 아무렇지도 않은 것 같았다.

연달아는, 아니, 고방아와 아랑도 박미진이 어떻게 된 것인지 어렵지 않게 짐작할 수가 있다.

그녀의 몸에서 뽑아냈던 순정혈을 연달아가 다시 주입하는 과정에서 약간의 전능이 주입됐기 때문에 괴력을 발휘하는 것이 분명했다.

하지만 전능과 순정혈이 그녀의 몸 안에서 어떤 기이한 작용을 하고 있는 것인지는 알 도리가 없다.

이 상황에서 하나의 문제가 대두된다. 연달아가 순정혈로 치료했던 여고생들 모두가 박미진하고 똑같은 중상을 보일 것이라는 사실이다.

박미진은 금방이라도 울 것 같은 표정이다. 아니, 그녀는 자신의 이상한 능력을 깨닫고는 그동안 혼자서 많이 울었을 것이다.

"빨리 걸으려고 하면 자동차보다 더 빨리 달리게 되고, 조금만 힘을 써서 건드리거나 만지면 무엇이든 부서져 버려요. 그래서 친구들을 만질 수도 없어요."

박미진은 눈물을 글썽이며 하소연을 했다.

"더구나 공부는 한 번 보면 다 외워 버려요. 아무리 어려운 수학 문제나 과학 공식이라고 해도 풀지 못하는 게 없어요. 저는 원래 그 정도로 똑똑하지 않거든요. 그런데 선생님들이 오히려 저에게 배워야겠다고 말할 정도예요. 친구들도 저를 이상한 눈으로 봐요. 그래서 학교에도 갈 수가 없어요. 너무 무서워요."

17세 여고생에게 그런 일은 정말 무서울 것이다.

연달아는 부드럽게 박미진의 머리를 쓰다듬으면서 미소 지었다.

"괜찮다. 별일 아니다."

박미진은 이해할 수 없다는 표정을 지었다. 그녀는 부러진 나무를 가리키며 항의했다.

"보셨잖아요? 저걸 제가 부러뜨렸어요! 그게 별일 아니라는 거예요?"

"별일 아니다."

"아저씨!"

박미진은 두 주먹을 움켜쥐고 빽 소리쳤다. 그가 자기를 놀리고 있다고 생각한 것이다.

연달아는 빙그레 미소 지었다.

"네가 날 아저씨라고 부른 게 더 이상한 일이다. 나는 그렇게 나이가 많지 않다."

"정말……."

박미진은 답답하다는 표정으로 연달아를 쳐다보았다. 그를 만나면 뭔가 해결될 것이라고 생각했는데 그것이 물거품이 되는 듯한 기분이다.

연달아는 팔꿈치로 아랑의 어깨를 슬쩍 건드렸다.

"랑아, 네가 좀 보여줘라."

박미진은 어리둥절한 표정을 지었다. 그러나 뭘 보여주든 지금의 자신에겐 아무런 도움도 되지 못할 것이라고 박미진은 생각했다.

박미진은 얼마나 패닉 상태에 빠져 있으면 아랑을 가까이에서 보고서도 알아보지 못했다.

"저기 저 나무 보이지?"

아랑은 전방 10미터 거리에 있는 한 그루 나무를 가리켰다. 그 나무는 방금 전에 박미진이 부러뜨린 나무보다 서너 배는 더 굵었다.

슥.

아랑은 그 나무를 향해 오른손을 뻗었다가 슬쩍 손을 뒤집는 간단한 동작을 해 보였다.

우직!

순간 거대한 나무의 사람 허리 높이가 마치 이쑤시개를 분지르듯 똑 부러져 버렸다.

우지직! 쿵!

너무나 간단하게 부러진 것에 비해서 나무가 쓰러지며 옆의 나무들과 부딪치고 또 땅에 부딪쳐서 내는 소리와 여파는 굉장했다.

"아……."

그 광경을 보고 박미진은 자신의 눈을 믿지 못하겠다는 듯 깜빡거렸다.

그녀는 발로 차서 나무를 부러뜨렸는데, 아랑은 손도 대지 않고 더구나 훨씬 굵은 나무를 맥없이 부러뜨리는 것을 봤으니 자기가 지금 꿈을 꾸고 있는 것이 아닌가 하는 착각이 들었다.

슥.

아랑이 박미진의 손을 잡았다. 그리고는 두 발로 가볍게 땅을 박찼다.

슈욱!

"앗!"

박미진은 깜짝 놀라서 외침을 터뜨렸다.

그런데 다음 순간 박미진은 조금 전에 아랑이 손도 대지 않고 나무를 부러뜨렸을 때보다 훨씬 더 놀라고 말았다.

발아래 까마득한 곳에 숲이 내려다보였다. 즉, 그녀는 숲의 꼭대기보다 20미터 이상 더 솟구쳐 오른 것이다.

"히익?"

놀란 그녀는 주위를 두리번거리다가 저 멀리 강남의 풍경이 손에 잡힐 듯이 펼쳐져 있는 것을 발견했다.

그리고 그녀를 보면서 싱긋 미소 짓는 아랑의 얼굴을 보고 심장이 뚝 멈출 정도로 놀라 버렸다.

"어떻게 생각해?"

아랑은 조금 전에 박미진이 연달아에게 했던 말을 흉내 내며 윙크를 해 보였다.

숙!

아랑은 쏜살같이 아래로 하강했다가 연달아와 고방아 앞에 사뿐히 내려섰다. 아랑은 중심을 못 잡고 비틀거리는 박미진을 부축했다.

"더 보여줘?"

"아아… 아니……."

박미진은 자신의 괴력이 아랑에 비하면 새 발의 피도 안 된다는 것을 깨달았다.

그때 고방아가 박미진에게 대수롭지 않다는 듯한 얼굴로 설명해 주었다.

"이 사람이 순정혈을 너에게 주입해 주었지?"

"네?"

박미진은 무슨 말인지 알아듣지 못했다.

툭.

"지난번에 이 사람이 너의 몸에서 뽑아낸 액체, 즉 순정혈을 여기에다 넣어줬잖아."

고방아는 손으로 박미진의 은밀한 부위를 툭 건드리면서 턱으로는 연달아를 가리켰다.

박미진은 그때의 일이 생각나서 얼굴이 홍당무처럼 새빨

개졌다.

　그 일이 어찌 생각만 나겠는가. 그녀의 성기를 벌리고 그 안에 액체를 넣어줄 때의 일을 처음부터 끝까지 생생하게 기억하고 있다.

　그리고 고방아의 손보다는, 앰플의 액체를 넣어주려고 그녀의 성기를 만지고 벌리던 연달아의 손길을 더욱 또렷하게 기억한다.

　아마 그 일은 죽어도 잊지 못할 것이다. 그녀는 연달아를 마치 자신의 순결을 가져간 남자쯤으로 여기고 있다. 17세 여고생의 몸으로, 그리고 정신으로는 당연한 일이다. 즉, 그렇게 말하자면 연달아는 박미진의 첫 남자인 것이다.

　"그때 이 사람이 자기의 능력을 너에게 조금 주입했어. 그게 너의 몸속에서 어떤 작용을 일으킨 것 같다."

　"아……."

　고방아의 말에 박미진은 고개를 들고 연달아를 바라보았다. 지금 그녀는 고방아의 말을 이해하기보다는, 연달아가 자기의 무엇을 그녀의 성기를 통해서 몸속으로 주입했다는 말에 더 큰 반응을 보였다.

　박미진에게 있어서 연달아가 첫 남자라면, 그가 성기로 넣어준 것은 그의 정액 같은 의미로 받아들여진 것이다. 그래서 그녀는 연달아가 더더욱 자신의 첫 남자라고 확신했다.

아랑은 박미진이 연달아를 바라보는 눈빛이 무슨 의미인
지 알아차렸다.

자기가 그를 바라보는 눈빛하고 똑같기 때문이다. 아랑은
그녀의 어깨에 손을 얹었다.

"너 아까 내 능력 봤지?"

"네……."

아랑은 험악한 표정을 지으며 연달아를 가리켰다.

"달아 오빠는 내 거니까 딴생각 먹으면 너 나한테 죽는다.
목을 부러뜨릴 거야."

아랑은 아무리 험악한 표정을 지어도 너무 귀엽게 보였다.
그런데도 박미진에게는 그게 먹혔다.

"네."

제39장

하나요메

R U N N E R
런너

연달아 일행은 박미진을 집에 내려주고 강북 시내로 향했
다.

"저 상태로는 학교 못 다녀."

고방아가 네비게이션이 지시하는 대로 운전을 하면서 박
미진에 대해서 자신의 의견을 말했다.

"별종 취급당해. 걸핏하면 사고 저지르기 딱 알맞고, 친구
를 아무 생각 없이 툭 건드렸다가 어디 부러지거나 죽어버리
면 어떻게 할 거야?"

아랑도 말도 안 된다는 듯 고개를 살래살래 가로저었다.

"더구나 거의 천재 수준인데 공부는 더해서 뭐해?"

그녀는 조수석의 연달아의 무릎에 앉아서 다리를 포개 대시보드에 얹은 자세다.

"이 기회에 나도 홀가분하게 학교 그만둘까?"

그러고 보니까 아랑 문제도 있다. 그녀가 다물수호자로서 연달아, 고방아와 함께 행동을 계속하려면 자연히 학교는 그만둘 수밖에 없을 것이다.

물론 음악활동도 극히 제한적으로만 해야 된다. 아니면 그것 역시 그만둬야 할 터이다.

"박미진 같은 아이들을 위해서 대안학교 같은 것을 만드는 것도 한 방법이지."

그래도 세 사람 중에서 가장 경험이 많은 고방아가 나름의 해결 방법을 내놓았다.

"특수한 학생이나 인재들, 정식교육에 염증을 느낀 학생들이 가는 학교 말이야?"

"그래. 텐쵸오에게 순정혈을 뺏겼던 아이들만 우리 다물에서 따로 모아서 그 아이들에게 맞는 적절한 교육과 훈련을 시키는 거지."

"그거 좋은 아이디어인데?"

아랑이 귀가 솔깃해서 반색하자 고방아는 연달아를 쳐다보았다.

"그 아이들을 잘 훈련시키면 앞으로 우리에게 큰 힘이 될
수도 있을 거야."

연달아는 고방아가 말하는 뜻을 알아차렸다.

"그 아이들을 다물의 정요원으로 쓴다는 말이냐?"

"그래. 그 아이들이라면 초능력이 있으니까 훈련을 받고
나면 모든 면에서 다물의 현재 정요원들보다 훨씬 더 뛰어날
거야."

연달아는 썩 내키지 않는 표정을 지었다.

"글쎄……."

"걔들이 아직 어려서 그러는 거야?"

고방아는 연달아의 대답을 듣기도 전에 아랑을 힐끗 눈짓
으로 가리켰다.

"그럼 쟤는? 쟤도 열일곱 살인데?"

"랑이는……."

연달아가 뭐라고 말하려는데 아랑이 먼저 발끈했다. 그녀
는 빙글 몸을 돌리면서 발을 넓게 벌려 연달아와 마주 보고
앉아서 두 손으로 그의 뺨을 잡고 자기를 똑바로 보게 하며
다부진 표정을 지었다.

"오빠, 나 어리지 않거든?"

사실 연달아는 여자 나이 열일곱 살이면 어엿한 어른이라
고 생각하고 있다.

고구려에서는 여자가 열 살이면 혼인을 하고 열다섯 살 이전에 아이를 낳아 엄마가 되는 일이 허다했었다.

고구려 사람들의 평균 수명은 40세에서 45세 정도였다. 의료시설이 전혀 없고 수많은 병이나 가혹한 환경에 그대로 노출된 상황이기 때문이다.

대한민국도 건국 초기 그러니까 1950년대의 국민들 평균 수명은 50세를 넘지 못했었다.

그래서 고구려에서는 50세를 넘기면 장수하는 것이고, 환갑, 즉 60세면 손자는 물론 증손자까지 보는 경우가 비일비재했었다.

또한 여자를 하나의 인격체로 보지 않고 노동력으로 여기기 때문에 일찍부터 혼인을 시켜서 자녀를 낳게 하고 가사 일은 물론 남자들과 똑같이 밭일 등 온갖 힘들고 궂은 바깥일도 여자들의 몫이었다.

수명이 짧기 때문에 많은 것들을 한 살이라도 어렸을 때 이루어놓지 않으면 안 되는 상황인 것이다.

그리고 고구려의 귀족 남자들은 일부다처제가 지극히 보편화되어 있었다.

평민들은 일부일처를 고수하지만 형사취수제(兄死取嫂制)라는 제도가 있었다.

그것은 형이 죽으면 동생이 형수를 물려받아서 자기 부인으로 맞이하는 제도다.

고구려에서는 남편이 죽으면 남편의 재산을 아내가 모두 물려받도록 되어 있다.

그런데 남편이 죽은 후에 아내가 그 재산과 자식들을 모두 데리고 자신의 친정으로 돌아간다면, 시댁 쪽에서 볼 때는 막대한 손실이 아닐 수가 없다.

그래서 그것을 막기 위해서 만들어진 제도가 형사취수제인 것이다.

고구려의 귀족 남자들은 어린 여자를 선호해서 4, 50대 남자가 10세에서 15세까지의 소녀를 부인이나 첩으로 맞이하는 경우는 조금도 흠잡힐 일이 아니었다. 오히려 주변에서 그런 일을 적극 권장하는 추세였다.

그런 세상에서 태어나서 지금까지 살아온 연달아에게 한달 조금 넘게 살아본 대한민국의 제도와 생활 방식이라는 것은 아직 생소한 것일 뿐이다.

그러므로 아랑 정도의 여자가 때때로 아이 서넛쯤 낳은 아이엄마로 보이는 것은 어쩔 수 없는 일이다.

"오빠, 내가 어린아이로 보여?"

"아니다."

"거봐."

아랑은 연달아의 뺨을 놓고 고방아를 쳐다보면서 혀를 쏙 내밀었다.

고방아는 연달아의 천연덕스러운 대답에 발끈했다.

"랑이는 이제 겨우 고2 열일곱 살이야. 그게 어리지 않다는 거야? 아직 세상물정도 전혀 모르고 젖비린내 나는 나이란 말이야!"

연달아는 이해하기 어렵다는 표정을 지었다.

"내 어머니께서 큰형님을 낳으셨을 때 열네 살이셨다. 그것도 많이 늦은 편이셨지."

아랑은 반색하며 눈을 동그랗게 뜨고 하악! 하악! 하는 표정을 지었다.

"그, 그렇지? 나도 오빠 아이 낳을 수 있어!"

딱!

"에고!"

아랑은 고방아의 주먹에 옆머리를 한 대 얻어맞고서야 입을 다물었다.

고방아는 연달아가 어째서 그렇게 말하는지 이해했다. 아직 고구려의 상식이 머릿속에 가득한 그에게 대한민국의 상식을 강제로 적용하는 것은 어려운 일이다.

하지만 연달아하고 아랑이 죽이 맞아서 놀아나는 꼴은 절대 봐줄 수가 없다.

이건 질투가 아니다. 아랑은 고방아의 동생이 아닌가. 그

러므로 아랑을 보호하는 것이 언니로서의 의무다, 라고 고방
아는 자신을 합리화시켰다.

"어쨌든 열일곱 살은 어려. 절대 안 돼."

연달아는 알아들었다는 듯 고개를 끄덕였다.

"알았다."

"그래. 알았으면 됐어."

"그러니까 미진이들을 가르쳐서 다물의 정요원으로 쓰는
것은 그만두자. 걔들은 아직 어리니까."

"……."

고방아는 멍해졌다. 그러고 보니까 방금 전에 그녀는 박미
진과 여고생들을 대안학교에서 교육, 훈련시켜서 다물의 정
요원으로 쓰자고 연달아를 설득시키는 중이었다.

그런데 아랑이 어리다는 얘기를 하다 보니까 박미진들도
아직 어리기 때문에 안 된다는 쪽으로 얘기가 잘못 흘러가고
있는 것이다.

"너……."

"응?"

고방아가 날카롭게 쳐다보자 연달아는 태연하게 그녀를
쳐다보았다.

"선글라스 벗어."

연달아는 고방아의 말에 순순히 따랐다.

픽!

"윽!"

그런데 선글라스를 벗자마자 고방아의 주먹이 그의 콧등에 작렬했다.

"다 알면서 날 갖고 논 거지?"

"도대체 뭘……."

연달아는 콧등을 감싸 쥐며 끙끙거렸다.

고방아는 연달아를 힐끗 보면서 자기가 너무 심했나 하는 생각이 들었으나 곧 그 생각을 떨쳐 버렸다.

'이놈은 무한런너 전능자야. 머리가 무지하게 좋아.'

어쨌든 고방아의 우기기 한판이 승리하여 결국은 박미진을 비롯한 순정혈을 주입하거나 주입하게 될 여고생들을 다물의 잠재적인 정요원으로 교육시키기로 결론이 났다.

그 일을 처리하는 것은 연달아가 정신으로 연정토에게 메시지를 보내는 것으로 정리가 됐다.

이후 연정토는 최선의 방법으로 박미진과 여고생들의 부모를 설득하고 이해시켜서 대안학교를 만들고 그녀들을 모집해서 교육, 훈련시킬 것이다.

그렇게 되면 다물은 수백 명의 초능력자 정요원들을 보유하게 될 것이다.

하지만 거기에 따르는 불협화음이나 좋지 않은 요소를 지금 미리 예상할 수는 없다.

　하나요메가 묵고 있는 곳은 서대문구 홍은동의 그랜드힐튼 호텔이다.

　이번 하나요메 제압 작전에는 다물의 군왕호위군과 여황호위군, 그리고 아랑의 알파정군이 투입되었다.

　작전의 밑그림은 연정토가 짰다. 그는 그랜드힐튼 호텔의 사장과 지배인의 전폭적인 도움을 받아 하나요메를 감쪽같이 호텔에서 납치하는 계획을 세웠다.

　하나요메의 사진 몇 장이 연달아 일행이 타고 있는 밴틀리의 컴퓨터로 전송되어 왔다.

　연달아는 하나요메의 사진을 보며 중얼거렸다.

　"아름다운 여자로군."

　그는 느낀 그대로 얘기했을 뿐인데 고방아와 아랑이 동시에 그를 노려보았다.

　그는 빙그레 웃으며 눙쳤다.

　"하하하. 그러나 방아하고 랑이보다는 훨씬 안 예쁘다."

　그런데 그의 웃음소리가 조금 공허했다. 그는 대한민국에서의 생존의 법칙을 빠르게 익혀가고 있는 중이다.

　"하나요메가 오후 다섯 시에 춘향전을 보기 위해서 호텔을 출발하는군."

고방아가 한 손으로는 운전을 하면서 화면에 뜬 하나요메
의 일정표를 보며 중얼거렸다.

호텔에 도착하여 연달아와 고방아는 호텔 보안요원으로,
아랑은 종업원으로 변장했다.

호텔 사장의 연락을 받은 지배인이 연달아 일행과 다물 정
요원들에게 모든 편리를 제공해 주었다.

지배인이 제공한 정보에 의하면 하나요메는 22층 스위트
룸을 사용하고 있다.

매니저와 코디는 하나요메의 스위트룸 양쪽 두 개의 방을
쓰고 있다.

하나요메를 제압해서 납치하는 장소는 세 군데다. 그녀가
방에 있을 때와 방에서 나와 엘리베이터를 타고 내려올 때,
그리고 국립극장으로 이동할 때다.

연달아는 고방아와 아랑과 상의 끝에 일차적으로 그녀가
방에 있을 때 공격하기로 결정했다.

호텔 지배인의 말에 의하면 하나요메의 스위트룸에는 여
자 매니저와 남자 코디뿐이라고 한다.

룸서비스를 가장해서 아랑이 객실로 들어가면 그녀를 뒤
따라서 보안요원으로 변장한 연달아와 고방아가 진입한다는
전술이다.

위험하다고 연달아가 고방아를 제외시켰으나 그녀는 그럴 바에는 아예 작전 자체를 취소하자고 흥분했다.

연달아는 하나요메의 매니저와 코디가 그녀의 수행자일 것으로 판단하고 지침을 정했다.

즉, 연달아가 하나요메를, 고방아와 아랑이 매니저와 코디를 제압하는 것이다.

누가 매니저고 코디인지 모르기 때문에 그것은 객실에 진입한 직후에 상황을 봐서 대응하기로 했다.

객실 2207호 앞에 선 고방아는 자신의 양쪽 겨드랑이와 허리, 그리고 왼쪽 종아리를 만져 보았다. 권총들이 제대로 있는지 확인하는 것이다.

종업원으로 변장한 아랑이 큰 은쟁반에 놓인 열 개의 에비앙 생수가 실린 카트 손잡이를 잡고 있고, 그녀 뒤 양쪽에 연달아와 고방아가 나란히 서 있었다.

객실 입구를 상시 지키고 있는 두 명의 경호원은 한쪽에 물러나 있다.

그들은 국내 사설경호업체에서 파견되었으나 연달아 일행을 일체 간섭하지 말라는 연락을 받았다.

연달아는 객실 안에 세 명이 있다는 사실을 이미 확인했다. 벽 너머에 몇 사람이 있는지 알아내는 것쯤은 그의 능력으로 아무것도 아니다.

그가 확인하기로는 객실 안에서 두 명의 여자와 한 명의 남자가 무언가 놀이 같은 것을 하고 있었다.

그들이 하는 말을 그대로 고방아에게 정신으로 전하자 그녀가 '포커'를 한다고 했다. 하지만 '포커'가 무엇인지는 설명하지 않았다.

똑똑똑.

고방아가 고개를 끄덕여서 신호를 주자 아랑이 한차례 심호흡을 하고 나서 문을 두드렸다.

"누굽니까?"

문 안쪽에서 여자가 약간 코 먹은 듯한 목소리에 일본어로 묻자 고방아가 일본어로 대답했다.

"하나요메 씨께서 드실 물을 가져왔습니다."

"물… 시킨 적 없는데."

"하나요메 씨 한국 측 대리인 염상호 씨가 프랑스에서 직접 공수해 온 생수 에비앙입니다만."

"에비앙?"

척!

에비앙이라는 말에 문이 약간 열리고 뿔테 안경을 낀 30세 정도의 수수하게 생긴 여자가 밖을 내다보았다. 척 보기에도 그녀가 매니저 같았다.

뿔테 안경녀는 카트 위 은쟁반 안에 수북하게 쌓여 있는 에비앙 생수를 보고는 문을 닫았다.

연달아는 안에서 약간 부산한 소리를 감지했다. 그 소리를 고방아에게 전하자 그녀는 슬쩍 눈살을 찌푸렸다.

[하나요메가 포커를 하고 있다가 정돈을 하고 있는 거야.]

'정돈?

[뭔가 이상하군.]

고방아는 고개를 갸웃거렸다.

잠시 후에 다시 문이 활짝 열리고 뿔테 안경녀가 카트가 들어올 수 있도록 문 한쪽으로 비켜섰다.

"들어오세요."

고방아는 매니저가 경계심이 너무 없다는 생각이 들었다. 하지만 이쪽의 런너가 들이닥칠 것이라고는 예상하지 못했을 테니까 방심하는 것일 수도 있다.

드르르.

아랑이 카트를 밀면서 들어가고 고방아가 두 번째로, 그리고 연달아가 맨 뒤에 들어갔다.

"아… 잠깐."

그런데 뿔테 안경녀가 고방아를 가로막았다.

고방아는 사무적이지만 정중하게 일본어로 말했다.

"우리는 호텔의 보안요원이기 때문에 종업원이 귀빈께 실례를 하거나 테러를 하지 않는지 지켜볼 의무가 있습니다.”

“아……."

뿔테 안경녀는 알았다는 듯 고개를 끄덕이며 비켜섰다.

연달아와 고방아는 성큼성큼 안으로 들어가면서 재빨리 실내를 살펴보았다.

스위트룸은 그리 넓지는 않지만 침실과 거실이 분리되어 있으며 모든 것이 최고로 화려했다. 그리고 한쪽 면은 전체가 유리인데 밖이 한눈에 다 보였다.

아랑은 거실 한가운데에서 카트를 멈추고 에비앙 생수 하나를 두 손으로 들고 하나요메라고 생각되는 여자를 향해 마시겠느냐는 제스처를 취해 보였다.

그녀는 옅은 화장을 하고 화려한 나이트가운을 입고 있는데, 창 쪽 일인용 고급 소파에 앉아서 시사매거진을 읽고 있다가 아랑과 고방아, 연달아를 우아한 동작으로 쳐다보았다.

그녀에게서 약간 떨어진 다인용 소파에서는 비쩍 마른 20대 후반의 남자 혼자서 의상 카탈로그를 열심히 뒤적이고 있었다. 독특하게 튀는 의상을 입은 모습으로 봐서는 그가 코디인 것 같았다.

그리고 연달아와 고방아 뒤에 뿔테 안경녀, 즉 매니저가 서 있었다.

연달아 등이 한차례 둘러본 바에 의하면 그들은 전혀 경계를 하고 있지 않은 모습이다. 아니, 오히려 흐트러진 모습을 하고 있었다.

지금이 오후 두 시쯤이니까 국립극장에 갈 준비를 하기에는 이른 시간이다.

코디가 읽고 있는 의상 카탈로그 아래에는 얇은 천이 깔려 있는데 한쪽 끄트머리 천 아래에서 약간 삐죽 튀어나와 있는 것은 카드였다.

카드의 기사가 쥐고 있는 칼이 보였다. 연달아의 말이 맞았다. 이들은 방금 전까지 포커를 하고 있다가 누가 오니까 딴청을 피우고 있는 것이다.

삭.

순간 고방아가 번개같이 USP를 뽑으면서 매니저를 향해 몸을 돌렸다.

그와 동시에 아랑이 코디의 목을 꺾으려고 염력을 전개했다.

고방아가 표적으로 매니저를 정하는 순간 아랑과 연달아의 표적이 정해졌다. 아랑은 코디, 연달아는 하나요메다.

"죽이지 마라."

그러나 연달아가 조용히 말하자 고방아는 매니저의 미간을 향해 막 총을 발사하려다가, 그리고 아랑은 염력을 전개하려다가 뚝 멈추었다.

“앗!”

우둑.

“끄윽!”

매니저와 코디가 동시에 비명을 질렀다. 매니저는 고방아가 권총을 겨누는 바람에 놀라서 비명을 질렀으나, 코디는 목이 꺾여 부러져서 진짜 비명을 지른 것이다. 아랑이 염력을 멈추는 것이 조금 늦은 것이다.

“무, 무슨 짓이야, 당신들?”

하나요메가 놀란 얼굴로 소리쳤다. 그런데 어찌 된 일인지 그녀는 석고상이 돼버린 것처럼 꼼짝도 하지 못했다. 아니, 그녀뿐만 아니라 매니저와 코디도 그 자리에서 움직이지 못했다.

연달아가 그들 세 사람을 묶어버린 것이다. 그것은 염력도 뭣도 아니다. 그저 움직이지 못하게 하겠다고 마음만 먹는 것으로 그렇게 돼버렸다.

뚜둑.

“왁!”

그때 꺾였던 코디의 목이 똑바로 펴졌다. 그것 역시 연달아가 했다.

“끄으으.”

코디는 목구멍에서 쇠를 긁는 것 같은 소리를 내면서 눈을 부릅뜨고 숨을 몰아쉬었다. 목이 꺾여 있는 동안 숨을 쉬지 못했던 것이다.

'저 여자는 하나요메가 아닌 것 같다.'

연달아의 생각이 고방아와 아랑의 머리로 전해졌다.

고방아와 아랑은 겁에 질린 표정인 하나요메를 쳐다보았다.

[내 생각도 그래.]

[쳇! 가디언이 저렇게 겁먹을 리가 없어.]

연달아는 이곳에 있는 하나요메가 진짜가 아니고 가짜라고 판단했다. 그래서 코디의 부러뜨린 목을 다시 고쳐 준 것이다.

"요년 봐라? 잔머리를 굴리네?"

하나요메와 매니저, 코디를 나란히 소파에 앉혀놓고 심문을 하고 나서 고방아는 어이없다는 표정을 지었다.

방금 고방아가 '요년'이라고 한 것은 진짜 하나요메를 가리킨 것이다.

심문을 한 결과 이곳에 있는 하나요메는 가짜이며 하나요메의 전속 디렉터(연출가)인 것으로 드러났다.

그녀의 얼굴은 하나요메의 모습을 하고 있지만, 원래 얼굴은 지금 이 얼굴이 아니라는 것이다.

하나요메의 친구라는 남자가 이곳에 와서 잠시 동안 디렉터의 얼굴을 만지는 것 같더니 지금 같은 하나요메의 얼굴로 변해 버렸다고 한다.

고방아가 사진을 보여주니까 디렉터가 자기 얼굴을 바꾼 남자를 지목했는데 카류우였다.

하나요메는 한국에 머무는 동안 디렉터에게 철저하게 하나요메 행세를 하라고 지시를 하고는 어디론가 훌쩍 사라진 이후 하루에 한 번 전화가 와서 별일 없느냐고 확인을 하는 것이 전부라고 했다.

물론 가짜 하나요메는 진짜인 척하면서 지금껏 모든 행사를 다 소화해 냈다.

까다로운 일이 생기면 몸이 불편하다는 이유로 거절하고 호텔방에서 지냈다.

결론적으로 말하자면, 쿠로카미와 카류우, 하나요메는 자기들끼리 다른 일을 하고 있었던 것이다. 그것은 대한민국의 중요인물들을 암살하는 일이었다.

"휴대폰."

서 있는 고방아가 몸을 웅크린 채 앉아 있는 디렉터에게 손을 내밀었다.

"에?"

"하나요메한테서 하루에 한 번씩 전화가 오는 휴대폰 내놓

으란 말이야."

고방아의 유창한 일본어가 끝나자마자 디렉터는 잽싸게 휴대폰을 꺼냈다.

"하나요메가 어느 번호야?"

"이겁… 니다만……."

고방아는 디렉터가 가리키는 번호를 자기 휴대폰에 입력하고 그것을 연정토에게 보냈다.

그녀는 두 손을 허리에 얹고 소파에 나란히 앉아서 겁먹은 표정을 짓고 있는 일남이녀를 굽어보며 발끝을 까딱거리며 바닥에 탁탁탁, 소리를 냈다.

"이것들을 어떻게 한다?"

"우리가 떠나기만 하면 여기에서 있었던 일을 동네방네 떠들어댈 거야."

고방아의 말에 아랑이 팔짱을 끼고 고개를 모로 꼬며 대꾸했다.

"아무래도 그렇겠지?"

고방아는 허리벨트에서 거침없이 USP를 뽑았다. 그걸 보고는 디렉터와 매니저, 코디는 얼굴이 새하얗게 질리더니 바닥에 무릎을 꿇고 머리를 조아리면서 일본어로 살려달라고 애원했다.

"아무것도 기억하지 못하게 만들면 되는 건가?"

지켜보고 있던 연달아가 일남이녀에게 권총을 겨누는 고방아를 제지하며 말했다.

"어쩌게?"

잠시 후에 연달아는 모든 것을 처음에 이 방에 들어왔을 때의 모습으로 되돌려 놓았다.

즉, 디렉터는 창가 일인용 소파에 앉아서 시사매거진을 들고 있게 했으며, 코디는 다인용소파에 앉아서 의상 카탈로그를 보고, 매니저는 문을 닫고 연달아와 고방아를 따라서 들어오는 자세로 세워놓았다.

그리고 연달아와 고방아, 아랑도 처음에 이곳에 들어왔을 때의 위치에 가서 섰다.

디렉터와 매니저, 코디는 왜 자기들을 이렇게 한 것인지 짐작조차 하지 못하고 공포에 질린 표정을 하고 있다.

'시작한다.'

연달아의 말에 고방아는 USP를 허리벨트에 꽂고 옷매무새를 고쳤으며, 아랑은 은쟁반에서 에비앙 생수 한 병을 집어 들었다.

그 순간 연달아에게서 눈에 보이지 않는 어떤 기운이 디렉터와 매니저, 코디에게 뿜어져 나갔다.

그 기운은 세 명의 몸에 닿는 순간 조금 전에 연달아 일행이 이곳에 들어와서 벌였던 기억만을 선택해서 깨끗이 지워 버렸다. 즉, 디렉터 등이 볼 때는 연달아 일행이 지금 막 들어온 것이다.

아랑이 에비앙 생수 한 병을 두 손으로 들고 디렉터에게 공손한 동작으로 마시겠느냐는 제스처를 해 보였다. 그리고 고방아가 일본어로 설명해 주었다.

"에비앙 생수인데 마셔보겠습니까?"

디렉터는 눈을 깜빡거리며 쳐다보더니 귀찮다는 표정을 지으면서 아무 말 없이 읽고 있던 시사매거진으로 다시 시선을 주었다.

연달아와 고방아 뒤에 서 있던 매니저가 두 사람 앞쪽으로 걸어나오며 나가라는 제스처를 해 보였다.

"이제 그만 나가주세요."

방금 전에 살려달라고 애걸복걸하던 모습하고는 판이하게 다른 도도한 모습이다.

코디는 의상 카탈로그에 시선을 고정시킨 채 연달아 등을 쳐다보지도 않았다.

아랑은 은쟁반을 보조탁자에 내려놓고는 카트를 돌려 문으로 걸어갔다.

연달아 일행은 아무 일 없었다는 듯 방을 나왔다.

엘리베이터를 타고 내려올 때 고선우에게서 연달아에게

메시지가 전달되었다.

[주군, 텐쵸오의 자백 중에서 쿠로카미와 카류우, 하나요메에 대한 것들을 찾아냈습니다.]

연달아가 이런 식으로 자신의 생각을 다른 사람에게 전달하거나 다른 사람의 생각을 읽는 것은 일종의 정신감응(精神感應)이다. 고도의 텔레파시라고 할 수 있다.

연달아는 고선우의 말을 고방아와 아랑도 함께 들을 수 있게 해주었다.

[쿠로카미의 주요 능력은 독술(毒術)과 최면술, 변환술입니다. 카류우는 전투의 화신이라고 합니다. 주특기는 음파력(音波力)과 환신(幻身), 하나요메의 능력은 공간이동과 공간조작(空間造作)과 시차조작(時差造作)입니다. 또한 그녀는 손톱과 머리카락을 무기로 사용한다고 합니다.]

설명을 듣고 난 고방아가 슬쩍 눈살을 찌푸렸다.

"이것들 순 괴물이잖아?"

고선우의 보고가 이어졌다.

[이것은 매우 중요한 내용인데, 묵인자의 자식들, 즉 모든 가디언들의 능력은 반경 5미터 이내에서 가장 효과적이고 강력한 위력을 발휘한다고 합니다. 즉, 쿠로카미의 독술이나 최면술, 변환술, 카류우의 음파력, 하나요메의 공간이동과 공간조작, 시차조작은 5미터 이내로 접근해서 발휘해야지만 효과

가 있다는 뜻입니다.]

고방아는 진지한 표정으로 고개를 끄덕였다.

"그건 정말 중요한 내용이로군. 놈들에게 당하지 않으려면 5미터 이상의 거리를 둬야 한다는 거야."

그녀는 다행이라고 생각했다. 그녀가 지니고 있는 권총들은 최대 100미터 최소 50미터 이내의 가디언과 수행자들을 공격할 수 있기 때문이다.

"언니, 그놈들이 누군가를 암살하려면 5미터 이내로 접근해야 된다는 뜻이기도 해."

"그렇지."

아랑은 그렇게 말하고 나서 입술을 잘근잘근 깨물며 눈빛이 날카로워졌다.

이상하게도 지금 그녀의 가슴속에서 무엇인가 끓어오르는 것이 있다.

하지만 그것이 강한 투지, 즉 전의(戰意)라는 것을 지금의 그녀는 깨닫지 못했다.

그때 연달아가 연정토의 텔레파시를 받고 중얼거렸다.

"한민족당 5선 김광선 의원이 한 시간 전에 사고로 죽었다고 한다. 그는 다물의 부요원이라는군."

움찔 놀란 고방아가 즉시 휴대폰을 꺼내 DMB를 켜서 채널을 맞추자 긴급 뉴스가 흘러나왔다.

　뉴스 내용은 제1야당인 한민족당 5선 김광선 국회의원이 한 시간 전에 어느 만찬장에서 갑자기 쓰러졌는데 몸을 심하게 떨면서 괴로워하다가 숨이 끊어졌으며, 사인은 심장마비라는 것이다.

　김광선 의원은 한민족당 원내총무와 다가오는 대통령 선거에서 한민족당의 선대위원장이라는 중책을 맡고 있기도 한 중진의원이다.

　그런데 그의 갑작스러운 죽음으로 한민족당은 실의에 빠졌으며 당의 정책이나 대통령 선거에 큰 차질이 예상된다고 뉴스에서 반복적으로 보도하고 있었다.

　고방아는 정치에는 별 관심이 없지만 김광선 의원은 청렴하면서도 불의와 일체 타협을 하지 않는 인물로 정평이 나 있어서 그런 점을 존경하고 있었다.

　'대통령 선거?

　그때 문득 고방아의 머리를 번쩍 스치는 생각이 있다.

　두 달 후, 그러니까 12월 20일에 대한민국에는 대통령 선거가 있다. 한민족당에서는 이명훈 의원이 대통령 후보다.

　이명훈 의원은 모든 면에서 한 점의 흠도 없으며, 4선 국회의원을 하는 동안 그의 뛰어난 능력은 지역구는 물론이고 전국적으로 이미 충분히 입증됐다. 또한 그는 대학교수 출신인 인텔리다.

그의 유일한 라이벌은 현직 대통령이며 여당인 통일신당 대표인 신대철이다.

그는 자신이 임기 동안에 이룬 업적, 즉 안정된 경제 성장과 안보 확립, 대외적인 대한민국의 위상 정립 등을 재선으로 심판받겠다면서 대통령 선거에 나섰다.

하지만 그는 재임 기간 중에 우유부단하며 결단력이 없는 성격이라는 사실이 여러 곳에서 드러나 적지 않은 국민들이 실망을 하였다.

더욱 결정적인 사건은, 재작년에 북한이 자신들이 보유하고 있는 핵을 완전히 포기하고, 대한민국과 여러 각도의 대화를 할 테니까 그 대신 북한의 주요 10개 도시를 공업화하고 그에 따른 인프라를 구축하는 데 드는 비용 약 150조 원을 대한민국이 전폭적인 무상 원조를 해달라는 조건을 제시한 적이 있었다.

그때 신대철은 적절하게 대처하지 못하고 최종적으로 북한의 제안을 거절했었다. 새로운 개혁의 모험보다는 안전한 현실 안주를 선택했던 것이다.

그 때문에 신대철은 국내는 물론 해외 여론에게조차 통일의 발판이 될 수 있는 절호의 기회를 살리지 못하고 오히려 굴러들어온 복을 발로 차버린 무능한 대통령이라면서 실컷 뭇매를 두들겨 맞았다.

그래서 국내의 각종 여론조사에서도 이번 대선에서는 한민족당의 이명훈 후보의 당선이 유력하다고 연일 보도하는 중이다.

"만약 이놈들의 목적이 대통령 후보인 이명훈 의원을 암살하는 것이라면?"

고방아는 미간을 좁힌 채 잠시 생각을 하고 나서 염려스러운 얼굴로 말했다.

"죽은 김광선 의원은 이명훈 의원의 선대위원장이야. 그의 죽음은 대통령 선거에 큰 타격을 주겠지."

아랑은 눈을 반짝거렸다.

"가디언들이 김광선 의원을 암살한 거야?"

"확실해. 아마 쿠로카미가 김광선 의원에게 접근하여 독술을 사용했을 거야. 시신을 부검해 보면 밝혀지겠지만, 김광선 의원은 중독된 것이 분명해."

고방아는 주먹을 꽉 움켜쥐었다.

"그런데 가디언들이 무엇 때문에 대통령 후보를 암살하려는 걸까?"

아랑은 정치에는 별 관심이 없는 17세 소녀지만 다물수호자의 한 사람답게 제법 뼈있는 질문을 했다.

연달아는 대통령이라든가 대통령 후보 같은 대한민국의 정치 구조에 대해서 잘 모르기 때문에 잠자코 두 여자의 대화를 듣기만 했다.

아랑이 아무렇지도 않은 듯이 한 질문이지만 사실 중요한
질문이다.

쿠로카미 등이 과연 무엇 때문에 유력한 대통령 후보인 이
명훈 의원을 암살하려고 하는 것인가?

"무엇 때문이지?"

답이 나오지 않자 고방아는 선글라스 안의 눈을 좁히면서
중얼거렸다.

그때 연달아가 불쑥 말했다.

"이명훈은 다물의 정요원이다."

방금 전에 그는 연정토에게 텔레파시로 '이명훈이 누군
가?' 라고 물었고, 그런 대답이 돌아왔다.

"이명훈 후보가 다물의 정요원이라고?"

그것은 이명훈 후보가 대한민국의 대통령이 되면 다물이
대한민국의 모든 정책을 좌지우지할 수 있다는 뜻이다.

그렇게 되면 다물의 목표인 21세기 고구려 제국의 건설이
한층 힘을 얻을 수 있을 것이다. 아니, 본격적으로 시동을 걸
게 될 것이다.

그러나 반대로 이명훈 후보가 암살당하면 다물은 큰 것을
잃게 된다. 대한민국 정부의 전폭적인 지원을 받지 못할 것이
기 때문이다.

연달아가 또 나직하게 중얼거렸다.

"만약 전쟁에서 말갈족이 고구려를 공격한다면, 말갈족은 이미 당나라하고 손을 잡았다는 뜻이다."

고방아의 머리가 빠르게 회전했다.

"그렇다면 현 대통령인 신대철은 이미 묵인자에게 포섭됐다는 뜻인가?"

그렇게 생각한다면 그동안 대통령 신대철이 재임 기간 동안 우유부단하고 결단력이 없었으며, 북한의 획기적인 제안을 거절한 것에 대한 대답이 어느 정도 된다.

묵인자로서는 어떤 이유로든 남과 북이 화합하고 장차 통일되는 것은 바람직하지 않은 일이기 때문이다.

땡—

엘리베이터가 일층에 멈추고 연달아 일행은 호텔 입구를 향해 걸어갔다.

고방아는 걸어가면서 심각한 표정으로 중얼거렸다.

"이명훈 의원이 다물의 정요원이라는 사실을 놈들이 알고 있다는 것인가?"

그러자 연달아가 연정토에게 텔레파시로 물어서 얻은 대답을 말해주었다.

"그럴 가능성은 희박하다고 한다. 만약 쿠로카미 등이 이명훈 의원을 암살하려는 것이라면, 단순히 신대철을 대통령으로 만들기 위해서일 것이라고 정토 형님께서 말씀하셨다.”

“그렇다면 조금 안심이로군.”

탁!

고방아는 연달아의 어깨를 잡으면서 급히 말했다.

“정토 형님에게 이명훈 의원이 지금 어디에 있는지 물어
봐.”

제40장

절대로 무리

RUNNER
런너

투투투투—

　벨(Bell)222 민간용 헬리콥터 한 대가 험준한 산악지대 위를 비행하고 있다.

　4인승인 벨222 헬리콥터의 뒷좌석에는 고방아와 아랑이 나란히 앉아 있는데 연달아의 모습이 보이지 않았다.

　그는 앞자리에 조종사하고 나란히 앉아 있었다. 그런데 놀랍게도 그가 조종간을 잡고 있고 조종사는 옆에서 지켜보기만 하고 있었다.

　헬리콥터는 조금 전에 충북 제천 시를 지나서 현재는 경상북도 내로 들어서 소백산 위를 비행하고 있다.

방향은 동남쪽이며 헬리콥터는 조금의 흔들림도 없이 정상적으로 날고 있다.

연달아는 헬리콥터에 타는 순간부터 헬리콥터에 대해서 굉장한 관심을 보였다.

도대체 어떻게 해서 커다란 쇠붙이로 이루어진 동체가 하늘을 자유자재로 날 수 있는 것인지 몹시 신기했고 또 그 원리가 너무 궁금했다.

그래서 조종사의 허락을 받아 그의 옆자리에 앉아서 헬리콥터의 비행 원리 등에 대해서 자세하게 설명을, 아니, 강의를 들었다.

이들이 타고 있는 헬리콥터의 동체에는 '신시'라는 글자와 로고가 선명하게 그려져 있다.

즉, 이 헬리콥터는 대한민국 재계 순위 1위이며, 포춘지 선정 세계 글로벌 100대기업 중에서 당당하게 3위에 랭크되어 있는 '신시그룹' 소유인 것이다.

신시그룹의 총수가 바로 연정토다. 예전에 보장태왕이 알려준 금맥을 발판삼아서 연희우는 신시그룹을 출범시켰으며, 그의 아들 연정토는 신시그룹을 세계적 글로벌 기업으로 성장시켰던 것이다.

그 연정토가 신시그룹 경기지역 사설비행장 관리자에게

직접 전화를 걸어서 연달아 일행을 연정토 자신보다 더 극진하게 모시라고 지시했다.

그랬기 때문에 헬리콥터 조종사가 연달아의 질문에 조금도 귀찮아하지 않고 헬리콥터의 비행 원리와 조종법 등 그가 질문하는 모든 것에 대해서 지나칠 정도로 세세하게 강의를 해준 것이다.

그러나 아무리 그렇다고 해도 짧은 시간의 강의만으로, 더구나 헬리콥터에 탑승한 상태에서 연달아가 조종을 마스터했다는 사실은 기절초풍할 일이 아닐 수 없다.

사실 일반 항공기보다 헬리콥터 조종이 더 어렵다는 것은 잘 알려진 사실이다.

일반 항공기들은 이착륙시를 제외하고는 자동항법장치라는 것이 있어서 비행이 수월하지만, 헬리콥터는 이착륙을 비롯한 비행 전반을 오로지 조종사가 잡고 있는 조종간 하나에 의지하고 있다.

지금 연달아가 보여주고 있는 능력은, 그가 무한런너이기 때문에 가능한 일이다.

만약 연달아 일행의 목적지에 비행장이 있었다면 그들은 신시그룹 소유의 소형제트여객기를 타고 왔을 것이고, 연달아는 소형제트여객기 조종법을 배우게 됐을 것이다.

연달아 일행을 태운 헬리콥터는 경상북도 울진군 온정면 온정중학교 운동장에 내렸다.

운동장에 착륙하는 것은 조종사가 직접 했다. 어떤 종류든 항공기는 이착륙이 제일 어렵기 때문이다.

연달아 일행이 이곳까지 온 이유는 한민족당 대통령 후보인 이명훈 의원이 백암온천에서 휴식을 취하고 있다는 연정토의 연락을 받았기 때문이다.

백암온천은 국내에서도 물이 좋기로 소문 났지만 워낙 외진 곳이고 멀어서 다른 온천들처럼 도떼기시장 같지 않고 매우 한적했다.

더구나 심심산골에 자리 잡고 있기 때문에 이곳에 있는 동안은 모든 것을 잊어버리고 신선처럼 지낼 수가 있다.

그래서 이명훈 의원이 대통령 선거운동으로 몹시 지친 심신을 휴식하기 위해서 지인의 소개로 이곳에 온 것이다.

헬리콥터가 착륙한 온정중학교에는 다물 정요원이 차를 대기시킨 채 기다리고 있었다.

그는 특수부대 장교 출신으로 이름은 양정택이고, 다물의 외부전술 6팀의 팀장이다.

팀원은 서른 명인데 그가 직접 열 명을 이끌고 이명훈 의원의 경호를 담당하고 있는 중이다.

외부전술 6팀에서 정요원은 팀장과 부팀장 두 명뿐이고 나머지는 부요원들이다.

부요원들은 다물의 실체에 대해서 일체 모르고, 전술팀 같은 경우에는 용병을 쓰고 있다.

주로 국내 특수부대 출신들이지만 실력이 뛰어난 경우에는 해외용병도 받아들인다.

전술 6팀장이 직접 연달아 일행을 영접하러 오느라 현재는 부팀장이 여덟 명의 부요원들과 함께 이명훈 의원을 경호하고 있었다.

"어서 오십시오. 전술 6팀장 양정택입니다."

양정택은 헬리콥터에서 내린 연달아 일행을 향해 구십 도로 허리를 굽혔다.

연달아가 헬리콥터를 쳐다보자 조종사가 미소를 지으며 경례를 해 보였다.

"뭐해? 경례를 받아줘야지."

그걸 보고 고방아가 귀띔을 해주었다.

연달아는 그것이 인사의 한 방식이라고 여기고 빙그레 미소 지으면서 똑같이 손을 올려 경례를 해주었다.

투투투투—

헬리콥터가 흙먼지를 일으키면서 이륙하는 것을 보고 나서 연달아는 몸을 돌렸다.

양정택은 자신이 몰고 온 신형 랜드로버 SUV의 뒷문을 열어주었다.

"모시게 되어 영광입니다."

그의 얼굴에는 감격하는 표정이 역력하게 떠올랐다. 다물의 정요원이라면 다물의 목적과 전반적인 계획, 지휘체계 등에 대해서 잘 알고 있다. 그런데 그가 다물의 최고지도자인 군왕과 여황을 동시에 영접하고 있으니, 감격과 황공함은 이루 말할 수 없을 정도다.

연달아가 조수석에 타려는 것을 아랑이 억지로 잡아당겨서 세 사람 모두 뒷자리에 탔다.

연달아가 조수석에 타면 양정택이 보고 있어서 아랑이 연달아의 무릎에 앉을 수가 없다. 그가 뒷자리에 탔다고 해서 무릎에 앉을 수 있는 것은 아니지만, 그래도 그의 곁에 꼭 붙어 있을 수는 있다.

양정택은 이어폰을 귀에 꽂고 있는데, 운전을 하면서 공손히 보고했다.

"군왕호위군, 여황호위군, 그리고 알파정군 대장 세 분과 정요원 스무 명이 잠시 후에 소형제트여객기로 울진 공항에 도착할 것이고, 이곳에는 한 시간 30분 후쯤에 도착할 예정이라는 연락이 왔습니다."

"이명훈 의원은 어떤가?"

"오늘 정오쯤에 도착해서 식사와 목욕을 마친 후 객실에서

쉬고 있습니다.”

연달아의 물음에 양정택은 지체없이 대답했다.

“경호는 어떻게 하고 있어?”

고방아는 창문 위쪽의 손잡이를 잡고 물었다.

“저를 포함해서 열 명이 여덟 명 체제로 경호하고 있습니다.”

그 말은 열 명 중에 두 명씩 돌아가며 차례로 휴식을 취하면서 여덟 명이 경호를 하고 있다는 뜻이다.

“밀착경호 네 명이고, 외부경계 네 명입니다.”

“위험한걸?”

고방아는 창밖의 풍경에 시선을 주고 심각한 얼굴로 중얼거렸다.

“쿠로카미와 카류우, 하나요메, 그리고 그 세 명의 수행자들까지 한꺼번에 공격한다면 여덟 명으로는 턱도 없어.”

양정택은 바짝 긴장한 표정이 됐다. 그도 조금 전에 묵인자의 가디언 세 명이 이명훈 의원을 암살할 가능성이 높다는 연락을 받고 경호에 더욱 만전을 기하고 있었다.

하지만 그가 생각하기에도 쿠로카미와 카류우, 하나요메가 한꺼번에 공격하면 자신들로서는 역부족일 것이라고 예상하고 있다.

그런 상황에 연달아와 고방아, 아랑, 그리고 호위군의 지원은 천군만마를 얻은 것이나 다르지 않다.

다물의 정요원들은 다물의 거의 모든 계획이나 작전, 그리고 묵인자와 그의 가디언들, 수행자들에 대한 동향과 정보를 실시간으로 파악하고 있다.

"놈들이 이곳에 있다는 어떤 징후도 감지하지 못했어?"

고방아는 원래 아무에게나 반말을 하는 건방지고 안하무인격인 성격이다.

그런데 자신이 다물의 여황이라는 사실을 알고 난 이후부터는 다물에 소속된 인물이라면 심지어 연정토에게도 반말을 하고 있다.

"아직은 아무런 징후도 발견하지 못했습니다."

"음. 놈들이 이명훈 의원의 행적을 모르고 있든가, 알았더라도 아직 이곳에 도착하지 않았기를 빌어야겠군."

그때 연달아의 팔을 두 팔로 잡고 가슴에 꼭 안고 있는 아랑이 양정택에게 물었다.

"양 팀장, 쿠로카미와 카류우, 하나요메의 특징과 능력에 대해서 알고 있나요?"

"네. 연락받았습니다, 알파님."

고선우는 쿠로카미 등의 능력에 대해서 연달아에게 알려주고 나서 즉시 다물 전체 정요원들에게도 알려주었다.

아랑은 양정택이 자기에게 '알파님' 이라고 부르며 깍듯하게 말하자 기분이 좋았다.

랜드로버는 온정파출소를 지나 큰길과 합류하여 우회전해서 달렸다.

잠시 후에 좌측으로 울창한 숲이 우거진 산기슭이 나타났고, 여기저기에 웅장한 건물들이 보였다. 온천호텔과 리조트, 연수원 등이었다.

"우리 모습을 바꾸는 것이 좋겠다."

랜드로버가 구불구불한 언덕길을 올라가고 있을 때 연달아가 말하면서 고방아를 쳐다보았다.

고방아는 그의 말뜻을 알아들었다. 만약 어디선가 쿠로카미 등이 지켜보고 있다면 분명히 연달아와 고방아, 아랑을 알아볼 것이다.

텐쵸오의 정령 세이레이가 강남경찰서에서 연달아 등의 사진을 찍어서 누군가에게 보냈고, 그것이 쿠로카미 등에게도 전해졌을 것이라고 확신하고 있기 때문이다.

"그런데 차 안에서 무얼 갖고 변장을 하지?"

고방아가 말하자 연달아는 그녀를 쳐다보았다. 그는 이참에 새로운 능력을 시험해 보기로 했다. 즉, 자신에게 변신의 능력이 있는가 하는 것이다.

그런데 그가 단지 고방아를 쳐다보는 것만으로 그에게서 전능과 고방아의 모습을 바꾸려는 의지가 방출되었다.

스으으.

"아!"

룸미러로 고방아를 보던 양정택이 놀라서 자기도 모르게 탄성을 터뜨렸다.

방금 전에 그가 봤을 때는 분명히 고방아였는데 잠깐 사이에 그녀가 전혀 다른 여자로 변했기 때문이다.

연달아가 전능으로 바꾼 고방아의 모습은 지금쯤 다물 본부에 있을 을지은한이었다.

그는 사람의 모습을 변신시키는 것을 처음 해봤으나 단 한 번 만에 제대로 됐다.

아랑은 고방아를 보며 재미있다는 표정을 지었다.

"헤헤헤. 은한 언니가 여긴 웬일이야?"

"은한? 날 을지은한으로 바꾼 거야?"

고방아는 몸을 틀어서 룸미러에 자기 얼굴을 비춰보았다. 그녀 자신이 조금도 느끼지 못하는 사이에 얼굴이 을지은한으로 변해 버린 사실에 그녀는 놀라움을 금치 못했다.

"오빠, 나도 바꿔줘. 나는 누구로 바꿀 거야?"

아랑이 성화를 부리자 고방아가 슬쩍 그녀의 코를 잡아 비틀었다.

"조용히 해라, 연화야."

"연화? 그럼 나 연화 언니로 변한 거야?"

아랑은 자기 얼굴을 룸미러에 비춰보고는 연연화로 변한 것을 확인하고 깔깔대며 재미있다고 웃었다.

"아하하하! 오빠 내 얼굴이 변했는데도 아무런 느낌이 없어. 그냥 나 같아. 어? 그런데 오빠는 옥군 오빠로 변했네?"

그녀는 웃다가 손으로 연달아의 얼굴을 만졌다. 그의 얼굴은 어느새 정옥군으로 변해 있었다.

세 사람 모두 평소에 즐겨 입던 캐주얼한 복장이 아니라 정장을 하고 있기 때문에 쿠로카미 등이 본다고 해도 알아보지 못할 것이다.

잠시 후에 랜드로버는 신시그룹 '백암연수원' 이라는 웅장한 리조트 건물 앞에 도착했다.

네 사람은 랜드로버에서 내려 백암연수원 현관으로 걸어 갔다. 연달아는 자연스럽게 주위를 둘러보면서 재빨리 지형을 파악했다.

백암연수원은 한가운데 본관이 자리 잡았고, 좌우에 각각 한 동씩의 부속 건물이 위치했으며, 뒤쪽은 백암산 기슭이며, 본관 앞은 주차장이고, 우측 부속 건물 앞에 지하로 들어가는 입구가 있다.

그곳은 주차장이 아니라 지하에 있는 편의시설로 직접 들어가는 출입구였다.

백암연수원은 신시그룹 소속의 사원들만 이용할 수 있으며 일반인은 출입이 통제된다.

하지만 쿠로카미 등이 이곳에 이명훈 의원이 있다는 사실을 알고 암살을 시도하려 든다면, 잠입하는 것은 그다지 어려운 일이 아닐 것이다.

쿠로카미에겐 자신은 물론 다른 사람의 모습까지 바꾸는 변환술 능력이 있다.

그러므로 그들이 신시그룹 사원으로 변신해서 연수원 안으로 잠입하는 것은 문제도 아니다.

연달아 일행은 양정택의 안내로 9층 VIP룸으로 향했다. 백암연수원 본관은 9층까지 있는데, 9층 전체가 VIP층이다.

다른 층들은 복도 양쪽에 객실들이 두 줄로 죽 늘어 있는데, 9층은 백암산 쪽은 커다란 창문과 복도로 이어져 있고, 연수원 전방을 향해서 한쪽만 객실들이 있다. 산 쪽은 볼 게 없고, 앞쪽은 전망이 좋기 때문이다.

복도 왼쪽 창은 블라인드가 설치되어 있으며, 평상시 낮에는 채광과 실내를 밝게 하느라 블라인드가 모두 위로 올라가 있는데 지금은 모두 내려져 있다.

이명훈 의원의 안전을 위해서 양정택이 블라인드를 치라고 지시했기 때문이다. 9층은 복도의 창문이나 객실의 창문이 모두 방탄유리다.

9층 중간쯤인 915호 방문 앞 양쪽에 두 명의 정장 남자가 장승처럼 우뚝 서 있다가 걸어오는 양정택과 연달아 일행을 힐끗 쳐다볼 뿐 인사나 알은체를 하지 않았다.

두 명의 정장 남자는 양정택의 부하들, 즉 부요원이다. 그들은 용병이기 때문에 연달아와 고방아, 아랑의 신분을 전혀 모르고 있으며 알 필요도 없다.

똑똑똑.

양정택이 노크를 하자 안에서 대답하는 소리가 들렸다.

그가 문을 열고 안으로 들어가고 연달아 일행이 뒤따라 들어갔다.

실내는 거실과 침실, 집무실 세 개로 분리되어 있으며, 문을 열고 들어가면 거실이고, 왼쪽이 집무실, 오른쪽이 침실과 욕실이다.

거실 창문에는 두꺼운 커튼이 쳐져 있다. 원래는 커튼이 걷어져 있었으나 그것 역시 양정택이 치라고 지시했다.

창 쪽 소파에는 65세쯤 되어 보이는 남자가 편안한 가운을 입은 채 신문을 읽고 있었다.

그리고 약간 떨어진 곳에 앉은 30대 중반의 금테 안경을 낀 지적인 용모의 여자가 벽걸이TV를 보고 있었다. 그리고 집무실 쪽에서 컴퓨터 자판을 두드리는 소리가 들렸다.

양정택은 신문을 읽다가 이쪽을 쳐다보고 있는 사람을 가리키며 연달아 일행에게 정중히 소개했다.

"이명훈 의원입니다."

"저분들은 누구요?"

이명훈 의원은 앉은 채 나직하게 물었다. 신뢰가 가고 인자함이 깃든 그윽한 목소리다. 그는 검은색의 뿔테 안경을 썼으며 반백의 길지 않은 머리카락을 단정하게 빗어 넘겼고, 눈에서는 충만한 지식과 여유로움, 그리고 지혜로움이 잔잔하게 흘러나왔다.

양정택은 두 걸음 옆으로 물러나 자세를 바로 하고 옷매무새를 고치고는 더없이 정중하게 연달아와 고방아를 차례로 가리키며 소개했다.

"군왕 전하와 여황 폐하이십니다."

"아!"

"앗!"

이명훈과 TV를 보고 있던 여자, 즉 여비서는 동시에 크게 놀라 낮은 외침을 터뜨리며 벌떡 일어섰다.

그리고 집무실에서 들리던 컴퓨터 자판 두드리는 소리가 뚝 그치더니 45세쯤인 정장 남자가 당황한 표정으로 급히 거실로 달려왔다.

이명훈 의원과 두 명의 비서는 나란히 서서 연달아와 고방아를 향해 깊숙이 허리를 굽혔다.

"군왕 전하와 여황 폐하를 뵈옵니다."

그들의 공손한 목소리에는 놀라움과 존경이 담겨 있었다.

이명훈 의원과 남자 비서 송우신, 여비서 김현선은 모두 다물의 정요원이다.

이명훈 의원이 대통령 후보가 된 직후에 다물에서 파견된 정요원 두 명이 그의 비서가 되었다. 물론 그들은 재색을 겸비한 것은 물론이고 다물에서의 강도 높은 군사, 무술, 전술 교육 등을 두루 수료했다.

이명훈이 제아무리 대통령 후보라고 하지만 다물의 일개 정요원 신분이다.

그가 오래전에 다물에 가입했을 때에는 그저 명문대학의 교수였을 뿐이다.

이후 다물은 그를 갈고닦아서 정치에 입문시켰으며, 4선 국회의원으로 만들었고, 지금은 대통령 직에 도전하도록 만반의 준비를 갖추었다.

그러므로 그는 대통령 후보, 아니, 대통령이 된다고 해도 그 이전에 다물의 정요원인 것이다. 다물이라는 거대한 기계의 하나의 부속일 뿐이다.

다물의 현재 일인자는 군왕이고, 여황은 미래의 일인자다. 두 사람 면전에서 이명훈 의원, 아니, 정요원 이명훈이 고개를 조아리는 것은 당연한 일이다.

"앉으시오."

연달아는 말하는 동안에 전능을 일으켜 자신과 고방아, 아랑의 본모습을 되찾았다.

이어서 세 사람은 소파에 나란히 앉아서 연달아가 이명훈에게 앞자리를 가리켰다.

이명훈이 연달아 앞에 마주 보고 앉고, 비서인 송우신과 김현선은 그의 왼쪽에 나란히 서고, 양정택은 연달아의 뒤에 섰다.

그러나 이명훈과 송우신, 김현선은 연달아 일행의 모습이 방금 전에 본 것과 달라졌기 때문에 적잖이 놀랐다.

양정택이 공손하게 설명했다.

"이곳으로 오는 동안 가디언들의 눈을 피하기 위해서 군왕 전하와 여황 폐하, 그리고 알파님께서 잠시 다른 모습을 하고 계셨습니다."

"아……."

그제야 이명훈 등은 납득을 했는지 나직한 탄성을 흘렸다. 하지만 마음속으로는 연달아 일행의 신비한 능력에 여전히 놀라고 있었다.

이명훈과 송우신, 김현선은 매우 조심스럽게 연달아와 고방아의 모습을 살펴보았다. 그리고는 두 사람의 헌앙하고 늠름함에 내심 감탄을 금치 못했다.

그런데 김현선은 조심스럽게 아랑을 보면서 보일 듯 말 듯 신기하다는 표정을 지었다.

다물의 정요원들은 연달아와 고방아, 그리고 다물수호자들의 신상에 대해서 이미 잘 알고 있다. 그렇기 때문에 아랑이 대한민국 최고의 아이돌이라는 사실도 알고 있다.

김현선은 비교적 젊은 나이라서 요즘 유행에 대해 잘 알고 있는 편이다.

그녀는 인기 폭발의 아랑을 바로 코앞에서 보는 것이 너무 신기한 듯 아랑에게서 눈을 떼지 못했다.

"사인 해줘요?"

"앗!"

그런데 아랑이 김현선에게 장난을 치자 그녀는 깜짝 놀라 얼굴을 붉히며 고개를 숙였다.

"설명은 들었소?"

"네. 양 팀장에게 모두 들었습니다."

연달아의 질문에 이명훈은 공손히 대답했다.

"나는 방금 좋은 방법이 생각났소."

연달아는 이명훈을 보며 의견을 물었다.

"이곳에서 머무는 동안만 내가 당신으로 변신해 있는 것이 어떻겠소?"

너무 뜻밖의 말이라서 이명훈은 아무 말도 못하고 안경 안의 눈만 깜빡거렸다.

"그러고 나서 당신이 다시 일상으로 돌아가면 경호를 한층 강화해야겠소."

연달아는 서대문구의 그랜드힐튼 호텔에서 경기도의 신시그룹 전용 비행장으로 헬리콥터를 타러 이동하는 동안에 연정토로부터 이명훈에 대해서, 그리고 왜 그를 대통령으로 만들려고 하는지에 대해서도 자세히 들었다.

물론 그 목적이 21세기 고구려 제국 건설인 것은 두말할 필요도 없다.

그러므로 연달아는 이명훈이 매우 중요한 임무를 맡았으며 또 그의 안전에 만전을 기해야 한다고 생각했다.

사실 연달아는 이명훈에게 물은 것이 아니다. 그렇게 하겠다고 알려준 것이다. 연달아가 하겠다는데 대체 누가 반대를 하겠는가.

신시그룹 로고가 그려진 버스 한 대가 신시그룹 백암연수원으로 들어와 현관 앞에 멈추었다.

버스에서는 정확하게 스물세 명의 신시그룹 내 신시증권 사원들이 내려 본관으로 들어갔다. 그들은 누가 봐도 평범한 일반사원들의 모습이었다.

하지만 그들이 군왕호위군 대장 장철환과 여황호위군 대

장 조형구, 알파정군 대장 하은중, 그리고 스무 명의 정요원
들이라는 사실을 아는 사람은 거의 없었다.

　연달아는 이명훈과 송우신, 김현선의 얼굴을 완전히 다른
사람으로 변신시켰다.
　그리고 그들을 신시그룹 사원으로 가장시켜서 바로 아래
층인 8층의 일반 객실로 보냈다.
　그곳에서 다른 신시그룹 사원들하고 한데 섞여서 편안하
게 휴식을 취하라는 배려였다.
　그때부터 이명훈은 신시증권에서 연수를 온 사원 중에서
다섯 명에 둘러싸여 그들과 함께 먹고 마시고 또 씻으면서 정
말 오랜만의 편안한 휴식을 만끽했다.

　연달아가 들어가 있는 뜨거운 온천탕은 독탕이고 쑥이 포
함된 쑥탕이다.
　이곳에서는 구태여 그가 이명훈의 모습으로 변신하고 있
을 필요가 없다.
　쏴아아.
　한쪽의 2미터 정도 높이에서 뜨거운 온천수 폭포가 쏟아져
내리고, 20평 정도 크기의 욕탕 둘레는 울퉁불퉁한 천연석 바
위로 이루어져 있어서 운치가 그만이었다.

욕탕은 배꼽 정도 깊이인데 연달아는 폭포 옆 바위에 기대어 목 바로 아래까지 뜨거운 온천수에 담근 채 지그시 눈을 감고 있다.

온천수에 목욕을 하는 것은 그로서는 생전 처음이다. 고구려 시절에 백두산이나 묘향산 등 몇 개의 산에서 뜨거운 물이 솟아나와 여러 가지 병에 효험이 있다는 얘긴 풍문으로 들은 적이 있었다.

하지만 직접 가본 적은 없었다. 그러기에는 그는 연개소문의 아들로서 지나치리만큼 바쁜 일상을 보내고 있었다. 그 당시의 그에게 온천욕은 사치였다.

이 욕탕 주변의 벽은 30㎝ 이상 두껍고 단단한 화강암이라서 수류탄이나 로켓포로도 뚫어지지 않는다.

더구나 창문도 없으며 밖에는 장철환과 조형구, 하은중이 이끄는 호위군과 알파정군 정요원들이 철통같이 지키는 중이다.

그들은 모두 권총과 라이플, 우지기관단총으로 무장하고 있는데 장전된 탄환은 은탄이다. 쿠로카미 등이 눈에 띄기만 하면 벌집이 되고 말 것이다.

그러므로 쿠로카미 등이 멍청이가 아닌 이상 지금 공격하는 일은 절대 없을 것이다.

연달아는 인기척을 느끼고 감고 있던 눈을 떴다.

정면 10미터쯤에 있는 뿌연 유리창 너머로 두 사람의 실루엣이 비쳤다.

몸의 굴곡으로 미루어 둘 다 여자인 듯한데, 하나는 키가 크고 늘씬했으며 하나는 작고 아담했다.

연달아는 눈으로 보기 전에 이미 두 여자가 고방아와 아랑이라는 사실을 감지하고 있었다.

유리창 너머는 탈의실이고 그 너머는 휴게실인데, 두 여자는 여태 휴게실에 있다가 탈의실로 온 것이다.

그런데 작은 여자, 즉 아랑이 옷을 벗고 있는 실루엣이 보였다. 그러나 그 옆의 고방아는 우두커니 서 있었다.

아랑이 옷을 벗으면서 고방아를 설득하고 있는 목소리가 연달아의 귀에 다 들렸다.

"언니, 어차피 우리 세 사람은 한 몸이야. 목욕 같이 하는 것쯤은 아무렇지도 않아야 돼."

그래도 고방아는 움직이지 않았다.

아랑이 브래지어 호크를 고방아에게 풀어달라고 등을 내밀면서 종알거렸다.

"부끄러워서 그래?"

"부끄럽긴 누가?"

"언니, 오빠한테 알몸 보인 적 있어?"

“……”

“있구나?”

“사고였어.”

“어쨌든 오빠한테 알몸 보였잖아. 그럼 까짓것 오늘 사고 한 번 더 쳐봐 뭐.”

고방아는 묵묵히 아랑의 브래지어 호크를 풀어주었다.

아랑은 폴짝거리면서 벗은 팬티를 흔들었다.

“그럼 오빠하고 나하고 목욕하는 동안 언니는 그냥 여기에 있을 거야?”

“그래.”

“궁상맞게……”

“너, 조그만 게……”

“언니는 오빠하고 정혼했잖아. 그리고 같이 자기도 했었다면서? 그런데 뭐가 문제야?”

“그건 고구려에서의 일이야. 지금은 남남이야.”

“어휴. 좋도록 해. 앞뒤 꽉 막힌 맹꽁이.”

아랑은 팬티를 집어 던지고 촐랑거리며 유리문을 열더니 노습을 느러냈다.

그녀 역시 본래의 모습이다. 멀리서 보는데도 그녀의 알몸은 뽀얗고 흰 작은 구름 같았다.

그녀는 연달아가 정면에서 뻔히 보고 있는데도 전혀, 아니,

참새 눈곱만큼도 부끄러워하지 않고 가을 운동회 때 아이가
달리기를 하듯이 전력으로 달려왔다.

잘 익은 복숭아 하나보다 조금쯤 더 큰 유방이 두서없이 상
하좌우로 마구 흔들렸다.

뽀얀 수증기가 어느 정도 알몸을, 아니, 부끄러움을 감추어
준다고 여기는지, 아니면 아예 부끄러움 따위가 존재하지 않
는지, 종종거리면서 단숨에 달려오더니 연달아 맞은편 욕탕
가장자리에서 용감하게 점프를 했다.

타앗!

욕탕 물이 얕은 것을 알고 있는 연달아가 급히 손을 뻗어서
제지하려는데 아랑의 희고 눈부시고 또 아담한 몸은 이미 머
리부터 물속으로 다이빙을 하는 중이다.

첨벙! 하는 소리보다는 뜨거운 욕탕 바닥에서 꿍! 하는 소
리가 더 크게 울렸다. 아랑의 머리가 욕탕의 단단한 돌바닥하
고 충돌하는 진동이다.

아랑은 한참 동안이나 떠오르지 않았다. 아파서라기보다
는 아마 창피해서 그럴 것이다.

연달아가 보니까 그녀는 물속에서 엎드린 자세로 네 활개
를 펴고 바닥에 납작하게 붙어 있었다.

그가 손을 뻗어 그녀의 팔을 잡고 잡아당기니까 시체마냥
축 늘어진 채 끌려왔다.

수면 위로 나온 그녀는 젖은 머리카락이 온통 얼굴을 뒤덮고 있어서 귀신 같은 모습이었다.

머리카락 사이로 아랑이 빼꼼 눈을 뜨더니 어린아이처럼 울음을 터뜨리며 연달아에게 안겨왔다.

"흐앵~!"

"에구. 인석아."

아랑은 평소 습관대로 다리를 벌리고 연달아의 허벅지에 마주 보고 앉으며 닭똥 같은 눈물을 뚝뚝 흘렸다.

"어디 보자."

연달아가 아랑의 젖은 머리카락을 젖히고 살펴보니까 하얀 이마 한가운데가 붉어져서 불룩 솟아올라 있었다. 제대로 박은 모양이다.

"호오… 해줘."

"호오……."

아랑이 응석을 부리자 연달아는 이마에 입술을 대고 입김을 쐬어주었다. 그러자 붓기가 씻은 듯이 사라졌다.

"헤헤. 이제 안 아파."

연달아는 미소 지으며 아랑의 눈물을 닦아주었다.

"그런데 여기도 아파."

그러면서 아랑은 가슴을 불쑥 내밀고 손가락으로 자신의 왼쪽 유두를 가리켰다. 버찌보다 더 작은 은은한 연분홍색의 유두가 수줍게 흔들렸다.

연달아가 어이없다는 표정을 짓자 아랑은 입술을 삐죽거리며 말도 안 되는 억지를 부렸다.

"여자는 이마하고 가슴이 연결됐기 때문에 이마가 아프면 여기도 아프단 말이야."

연달아가 긴가민가하는 표정을 지으며 망설이자 아랑은 그의 머리를 두 손으로 잡고 앞으로 당기면서 강제로 자신의 왼쪽 유방을 그의 입에 갖다 댔다.

"호오… 해줘."

"호오… 읍!"

연달아가 유두에 입술은 대지 않은 채 호오, 하는데 아랑이 갑자기 그의 머리를 확 당기면서 그의 입에 유방을 마구 비벼 댔다.

"헤헤헤. 좋다!"

"인석아. 그만해."

연달아는 아랑의 손을 뿌리치고 물속에서 그녀의 궁둥이를 한 대 때리고는 두 손으로 궁둥이를 감싸 안고 지그시 눈을 감았다.

그가 약간 눕듯이 비스듬히 뒤로 몸을 기대자 아랑은 엎드리듯이 상체를 앞으로 숙였다.

고방아는 유리문을 살짝 열고 전방의 욕탕을 바라보았다.

욕탕 맞은편 물속에 연달아와 아랑이 서로 얼싸안은 채 있는데 꼼짝도 하지 않는 것을 보니 잠이 든 모양이다.

고방아는 고개를 갸웃거렸다.

'저게 가능해?'

두 사람이 서로 얼싸안은 채 아무 일 없이 자는 것을 보면 그들은 서로에게 남녀로서의 욕정 같은 것을 느끼지 않는 것 같았다.

고방아는 만약 자기가 지금 아랑의 입장이라면 어떨까 하고 생각해 보았다. 그러나 그녀는 곧 진저리를 치면서 유리문을 닫아버렸다.

'어휴. 소름끼쳐!'

아랑은 뭔가 단단한 것이 궁둥이의 계곡 사이, 즉 은밀한 곳을 묵직하게 찌르듯이 누르는 것을 느끼고 잠이 깼다.

그리고는 그것이 연달아의 성기가 단단하게 발기한 것이라는 사실을 깨달았다.

건강한 젊은 남자라면 잠을 자는 중에 성기가 발기하는 일은 흔한 일이다.

하지만 그런 사실을 알 까닭이 없는 아랑은 연달아가 자기에게 욕정을 느끼고 흥분했다고 오해했다. 그래서 기쁘고 또 흥분을 느꼈다.

그녀는 숨을 죽이고 눈을 감은 채 가만히 있었다. 잠시 후에는 연달아의 그것이 자신의 성기 속으로 삽입될 것이라고 상상하니까 심장이 미친 듯이 쿵쾅거렸다. 연달아의 성기가 자신의 그곳을 찌르고 있는 상태였으니 그녀가 그렇게 예상하는 것도 무리가 아니었다.

그런데 아무리 기다려도 연달아는 아무 행동도 취하지 않았고, 그의 성기는 여전히 묵직하게 그녀의 그곳을 짓누르고만 있지 않은가.

살짝 눈을 뜨고 보니까 연달아는 가늘게 코까지 골면서 잠에 빠져 있었다.

'착각했나?

그녀는 고개를 갸웃거리다가 속으로 앙큼한 결심을 했다.

'에헷! 그럼 내가 하지 뭐!'

그리고는 궁둥이를 요리조리 움직이면서 겨냥을 하며 한편으로는 오른손을 아래로 밀어 넣어 가만히 연달아의 성기를 잡았다.

"……!"

순간 그녀는 심장이 딱 멈추는 듯한 충격으로 눈을 동그랗게 뜨며 놀랐다.

그녀는 자신의 한 손으로도 다 잡지 못할 정도로 굵고 긴

그것을 꼭 잡은 채 한동안 눈을 깜빡거리면서 가만히 굳어 있
다가 이윽고 슬그머니 그것을 놓으면서 고개를 세차게 흔들
었다.
 '으흐흐… 아, 안 돼! 이건 휴, 흉기야! 넣었다가는 죽고 말
거야!'

제41장

외부공격팀

R U N N E R
런너

밤 11시, 신시그룹 백암연수원 9층 915호실.

창문에 커튼이 쳐져 있고 소파에는 연달아와 고방아, 아랑이 본래의 모습으로 나란히 앉아 있다.

그리고 세 사람 앞에는 장철환과 조형구, 하은중이 나란히 부동자세로 서 있었다.

그런데 웬일인지 아랑이 연달아에게서 멀찍이 떨어져서 앉아 있는 모습이다.

고방아는 연달아 오른쪽 한 뼘 거리에 앉아 있는데, 언제나 그에게 찰싹 붙어서 살다시피 하는 아랑이 1미터 거리를 두고 떨어져 앉아 있는 모습이 이상했다.

그 이유는 아랑 자신밖에는 모른다. 그녀 머릿속에서 그 망측스러운 흉기의 감촉이 사라지기 전에는 아마도 연달아 곁에 가까이 다가가지 않을 것 같았다.

탁자에는 캔맥주 몇 개와 먹음직스러운 구운 소시지가 담긴 접시가 놓여 있다.

그리고 연달아와 고방아는 캔맥주 하나씩을 손에 쥔 채 느긋하게 마시고 있다.

장철환이 공손히 고개를 숙이고 나서 보고했다.

"이명훈 의원의 수석 보좌관이 귀가 도중에 강도를 당해서 사망했다는 연락이 조금 전에 왔습니다."

고방아가 냉정한 표정으로 물었다.

"수석 보좌관은 이명훈 의원이 이곳에 온 것을 알고 있어?"

"그렇습니다."

고방아는 가볍게 고개를 끄덕였다.

"그렇다면 가디언들이 죽였군. 수석 보좌관을 고문해서 이명훈 의원이 있는 곳을 알아낸 후에 죽인 게 분명해."

"그런 것 같습니다."

얼마나 오빠를 사랑하는지 헤아려 볼까요.

오빠만 생각하면 숨이 막혀 버려요.

오빠 모습만 떠올리면 가슴이 터질 것 같아요.

그때 고방아 바지 주머니 속에서 노랫소리가 흘러나왔다. 휴대폰 벨소리다.

그런데 아랑이 자작을 한 '오빠를 사랑해' 라는 곡이다. 아랑이 반강제로 고방아 휴대폰에 자기 노래를 저장해 놓은 것이었다.

고방아는 발신자가 연정토라는 것을 확인하고는 스피커폰 기능으로 하여 휴대폰을 탁자에 내려놓았다.

"정토 형님, 무슨 일이야?"

"폐하께서 보내주신 하나요메의 휴대폰 번호로 현재 그녀의 위치를 알아냈습니다."

고방아는 반색했다.

"그래? GPS로 알아낸 거야?"

"그렇습니다. 하나요메는 휴대폰을 일본에서 한국으로 올 때 로밍을 해서 사용하고 있었습니다. 그녀는 현재 영동고속도로 하행선 이천휴게소 부근을 지나고 있습니다. TV를 켜고 채널을 33으로 맞춰주십시오."

하은중이 리모콘으로 벽걸이 TV를 켜고 채널을 맞추자 정규방송이 잠깐 나왔다가 흐려지더니 고속도로 상하행선에 많은 차량들이 달리고 있는 광경이 나타났다.

"CCTV에 잡힌 영상입니다."

연정토의 설명과 함께 TV 화면에 한 대의 승용차 앞부분이 정지화면으로 나타났다.

화면을 확대하니까 승용차 운전석과 조수석에 앉아 있는 사람의 모습이 선명하게 보였다.

운전을 하고 있는 자는 캐주얼 복장을 하고 있지만 카류우가 분명했다.

그리고 조수석에는 머리를 틀어 올린 하나요메가 아름다운 모습과는 달리 차가운 얼굴로 앉아 있었다.

화면을 더욱 확대하자 뒷자리에 몸을 파묻은 채 눈을 감고 있는 쿠로카미의 모습도 보였다.

하나요메와 카류우, 쿠로카미가 모두 오고 있는 것이다. 그렇다면 그들의 수행자 열두 명도 함께 오고 있다는 뜻이다.

그런데 연정토가 뜻밖의 말을 했다.

"가디언들이 그곳에 도착하기 전에 제거하겠습니다. 아무래도 그러는 편이 여러 면에서 좋겠습니다."

연달아 등은 그런 방법을 전혀 예상하지 않았었다. 하지만 좋은 방법인 것만은 분명했다.

이곳에 가만히 앉아서 공격을 당하는 것보다는, 오히려 이쪽에서 먼저 급습을 가하는 쪽이 훨씬 유리하다.

고방아가 재미있다는 듯 눈을 빛내며 물었다.

"정토 형님, 누가 어떤 식으로 공격할 건데?"

"다물의 외부공격팀으로 공격하겠습니다."

"외부공격팀?"

"외부공격팀에 대해서는 나중에 그곳의 대장에게 설명을 들으십시오."

고방아는 적의 가디언들과 수행자들을 공격하는 데 연달아나 다물수호자가 아닌 단지 공격팀을 동원한다는 것이 좀 못미더웠다.

하지만 연정토가 제시한 방법이고 그가 그렇게 말할 때에는 그만한 확신이 있기 때문일 것이라고 생각했다.

"정토 형님, 그렇다면 세 가디언의 수행자들까지 공격할 계획입니까?"

"수행자들이 포착되면 그렇게 할 것입니다. 하지만 수행자들이 따로 행동한다면 가디언들만 제거할 수밖에 없습니다. 수행자들 용모가 확보된 상태가 아니기 때문에 지금은 그들을 파악하기가 어렵습니다. 하지만 가디언들이 모두 죽은 상황에서 수행자들만으로 암살을 진행하지는 않을 것이라고 판단됩니다."

연달아의 물음에 연정토는 자세히 설명해 주었다.

"놈들이 탄 차량이 고속도로를 벗어나 한적한 국도나 지방

도로로 접어들면 외부공격팀을 적어도 세 군데 이상 대기시
켰다가 급습할 것입니다.”

　“초전에 박살 내야 합니다. 최초의 공격에서 한 명이라도
살아서 빠져나간다면 골치 아파집니다.”

　“알겠습니다. 믿고 맡겨주십시오.”

　TV 화면에는 하나요메의 싸늘한 얼굴이 크게 확대된 채 멈
추어 있는 상태였다.

　연정토하고의 통화가 끝났지만 TV 화면은 사라지지 않았
다. 고속도로에는 곳곳에 CCTV가 설치되어 있기 때문에 세
명의 가디언들이 타고 있는 차량의 움직임을 손바닥에 손금
을 들여다보듯이 파악할 수가 있다.

　여황호위군 대장 조형구가 특유의 카랑카랑한 목소리로,
그러나 공손히 말문을 열었다.

　“외부공격팀은 모두 10개 팀이며, 전투공격, 수색공격, 잠
입공격, 교란공격, 와해공격의 2개 팀씩으로 이루어졌습니
다. 이번 가디언 공격에는 전투공격팀과 수색공격팀이 각 한
개 팀씩 투입될 것으로 예상하고 있습니다.”

　고방아는 어이없다는 표정을 지었다.

　“고작 2개 팀으로?”

　고방아가 깔보는 투로 말하는데도 조형구는 면도칼처럼
예리한 표정의 변화가 없이 설명을 이었다.

"외부공격팀장과 부팀장은 다물의 정요원이며, 부요원들은 전국, 혹은 해외 각 지역의 육, 해, 공군의 지휘관급으로 구성되어 있습니다."

"뭐어……?"

고방아는 자기가 뭘 잘못 들었나 하는 표정을 지었다.

"방금 전국 혹은 해외의 육, 해, 공군 지휘관이라고 말한 거야?"

"그렇습니다."

"그들이 다물의 부요원이란 말이지?"

"그렇습니다."

고방아는 고개를 설레설레 흔들었다.

"이걸 믿어야 할지."

세 명의 대장은 믿으라고도 믿지 말라고도 말하지 않고 침묵을 지켰다.

"셋 다 거기 앉아라."

그때 연달아가 앞쪽의 긴 소파를 턱으로 가리키며 장철환 등에게 말했다.

갑작스런 말에 세 명은 멈칫거렸다. 자신들이 뭘 잘못한 것인지, 아니면 연달아의 말을 잘못 들었는지 적잖이 당황하는 표정이다.

"명령이다."

연달아의 다음 말이 떨어지기 무섭게 세 명의 대장은 쏜살같이 맞은편 소파에 나란히 앉았다. 하지만 다리를 모으고 허리를 꼿꼿하게 편 채 부동자세를 취한 상태에서 시선을 연달아에게 집중시켰다.

연달아는 아랑을 쳐다보았다.

"랑아, 맥주 가져와라."

아랑은 발딱 일어나 냉장고로 가서 상의를 보자기처럼 펼쳐서 캔맥주 10여 개를 담아와 탁자에 내려놓았다.

연달아는 캔맥주를 장철환과 조형구, 하은중 앞에 하나씩 놓아주었다.

"마셔라."

또다시 세 명의 대장 얼굴에 당황하는 기색이 파도처럼 역력하게 떠올랐다.

그들은 연달아가 도대체 왜 이러는 것인지를 파악하느라 정신이 없을 지경이다.

그러나 고방아와 아랑은 연달아의 의도를 짐작하고 있다. 그녀들은 그동안 연달아하고 지내면서 그의 성품이나 습관 같은 것들을 잘 알게 되었다.

지금 그는 우두머리와 부하 간에 격의없이 휴식을 취하면서 맥주를 마시자고 권하는 것일 뿐 다른 의도는 없다, 라고 고방아와 아랑은 생각했다.

“편한 마음으로 마셔라. 안 그러면 졸병으로 확 강등시켜 버릴 테니까.”

고방아가 엷은 미소를 지으면서 손으로 마시라는 제스처를 해 보였으나, 그녀가 한 말의 내용은 섬뜩한 것이었다.

고방아의 말이 끝나기 무섭게 세 명의 대장은 동시에 손을 내밀어 누가 먼저랄 것도 없이 자신들 앞에 놓여 있는 캔맥주를 잡았다.

아랑은 캔맥주를 갖고 온 이후에는 자신도 모르게 버릇처럼 연달아 왼쪽에 찰싹 붙어서 앉았다. 흉측한 흉기는 잊어버린 듯했다.

그녀는 오른팔을 연달아 허벅지에 얹고 기우뚱 기울어진 자세로 그에게 기대 캔맥주를 홀짝거렸다.

연달아가 조형구를 쳐다보았다.

“조 대장, 공격이 언제쯤 개시될 것 같으냐?”

조형구는 자신의 손목시계를 보고 나서 오른손에 캔맥주를 쥔 채 정중히 대답했다.

“지금부터 한 시간에서 한 시간 30분 사이가 될 것 같습니다.”

연달아는 이제는 이곳의 시간에 대한 개념을 어느 정도는 알고 있다.

고구려에는 이곳처럼 시간, 분, 초의 단위가 아니라 오시(午

時)면 정오, 유시(酉時)면 오후 여섯 시라는 식이고, 1각(刻)을 15분 단위로 계산했었다.

연달아는 고개를 끄덕이고 나서 조용히 말했다.

"나는 모든 부하들을 동료라고 생각한다. 왜 그렇다고 생각하느냐?"

그의 물음에 세 사람은 아무도 대답하지 못했다.

"나는 알지."

그런데 고방아가 씩 미소 지었다.

"사람이란 충성심보다는 동료애가 더 강하기 때문이지."

그녀는 세 명의 대장과 연달아를 번갈아 가리켰다.

"너희들이 부하일 때는 이 사람에게 복종을 해야 하는 의무가 있지만, 너희들과 이 사람이 동료일 때는 동료애, 즉 우정이 흐르게 된다."

아랑은 고방아의 말에 귀를 기울이면서 손으로 연달아의 허벅지를 만지작거렸다.

"너희들 군대 갔다 왔지?"

"그렇습니다."

"어땠어? 만약 전투가 벌어지면 상관의 명령보다는 전우의 생사가 우선이겠지? 겉으로 말고 속마음으로 말이야."

세 명의 대장은 그제야 알 것 같다는 표정을 지었다.

"이 사람은 너희들에게 동료애를 받기만 하겠다는 것이 아냐. 내가 아는 이 사람이라면 너희들이 위험에 처하면 목숨을 아끼지 않고 너희들을 구하려고 들 거야."

세 명의 대장은 새삼스러운 표정으로 연달아를 바라보았다. 그들은 연달아가 고구려 요동욕살이며 오골성의 성주이고, 또한 오골철갑기병의 대장으로서 전쟁의 신, 혹은 요동의 성난 호랑이라고 불렸다는 사실을 잘 알고 있다.

연달아가 빙그레 미소 지으며 캔맥주를 들었다.

"이 술이 우리들의 우정이라고 여기자. 자, 마시자."

세 명의 대장은 눈빛이 흔들렸다. 그들은 의무 때문이 아니라 진심으로 연달아를 위해서라면 기꺼이 죽을 수도 있을 것이라는 각오가 샘솟았다.

소파에 앉은 여섯 명은 일제히 캔맥주를 마셨다.

*　　*　　*

저녁 8시.

경상북도 예천 제16전투비행단 활주로에서 202전투비행대대 소속 F—15K 슬램이글(Slam Eagle) 전폭기 두 대가 어둠을 뚫고 날아올랐다.

콰아아—

F—15K 슬램이글의 제네럴 일렉트릭(General Electric) 사의

F110-GE-129 엔진 두 대가 굉음을 토해내며 밤하늘을 할퀴듯이 뒤흔들었다.

밤하늘로 높이 이륙한 두 대의 F-15K 슬램이글은 멋들어지게 선회하면서 동북방으로 방향을 잡고 날아갔다.

＊　　　＊　　　＊

저녁 8시 5분.

경상북도 봉화군 봉성면 도천리 918번 지방도로를 세 대의 차량이 상향등을 켠 채 일렬로 달리고 있다.

앞선 승용차는 체어맨이고, 뒤따르는 두 대는 벤츠 승합차다.

체어맨에는 하나요메와 쿠로카미, 카류우가 탔으며, 두 대의 승합차에는 그들의 수행자 열두 명이 나누어 타고 있다.

체어맨의 운전석에는 카류우하고 교대를 한 쿠로카미가 앉아 있다.

조수석에는 여전히 하나요메가 앉아 있는데 아까부터 휴대폰을 뚫어지게 들여다보고 있다.

그녀의 휴대폰에는 텐쵸오의 제2수행자였던 정령 세이레이가 전송해 준 수십 장의 사진이 저장되어 있다. 그녀는 그 사진들을 계속해서 돌려가며 살펴보고 있었다.

그녀가 유독 집중적으로 오랫동안 들여다보고 있는 사진은 늠름하고 훤칠한 용모의 연달아다.

연달아의 사진 아래에는 '無限ランナ'라는 글이 있다.

"이놈이 무겐란나라고?"

하나요메가 눈에서 불을 켜듯이 연달아 사진을 쏘아보며 중얼거리자 뒷자리에 가로로 길게 누워 있던 카류우가 다리를 까딱거리며 참견했다.

"한국말로는 무한런너야. 무한이라니… 한계가 없다는 뜻 아니냐고?"

카류우는 꿈틀거리면서 일어나 앉았다가 운전석과 조수석 사이 공간으로 상체를 들이밀고 하나요메의 휴대폰 화면을 들여다보며 킬킬거렸다.

"보장태왕은 광런너고, 아버님께선 영(靈)런너인데, 이까짓 자식이 무한런너라고? 푸헤헷! 개가 웃겠다!"

하나요메는 카류우가 상체를 들이미는 바람에 한쪽으로 상체가 기울어져서 가볍게 눈살을 찌푸리며 그를 흘겼다.

"하나요메, 무한이라면 끝이 없다는 거 아냐? 런너가 전능자인데 끝이 없는 전능자라면 완전능자(完全能者)라고 해야 하는 거냐? 응? 킬킬킬. 그런 게 어디 있냐구!"

카류우는 눈동자를 옆으로 굴려 10㎝도 떨어져 있지 않은 하나요메의 얼굴을 핥듯이 보면서 갑자기 손으로 그녀의 풍만한 유방을 덥석 잡고 번들거리는 눈으로 속삭였다.

"그보다 우리 그 옛날처럼 한 번 끈적끈적 섞어볼까?"

그는 하나요메의 블라우스 단추를 능숙하게 풀고 그 속으로 손을 집어넣으면서 혀로 그녀의 귀를 핥았다.

"당나라 시절에는 우리 둘이서 밤마다 질탕하게 육체의 향연을 벌였잖느냐? 그때 너는 나 없이는 하룻밤도 못 지낸다고 매일 밤마다 매달리며 보챘었지. 기억나지 않느냐? 클클클."

카류우는 하나요메의 얼굴이 보기 싫게 일그러지는 것을 발견하지 못하고 한술 더 떴다.

"자, 자, 뒷자리로 넘어와라. 우리가 어울리는 것은 쿠로카미도 눈감아줄 거야. 그렇지? 쿠로카미?"

카류우가 운전하는 쿠로카미를 보면서 묻는데 갑자기 하나요메의 머리카락 여러 가닥이 스르르 번개같이 카류우의 목을 휘감아 버렸다.

"끅. 너……."

순식간에 머리카락이 카류우의 목 속으로 깊숙이 파고들었고, 하나요메는 싸늘하게 중얼거렸다.

"그건 당나라 때 일이었어. 지금은 21세기야. 너 같은 자식은 발가락의 때만큼도 여기지 않아."

"끄으… 하나요메……."

카류우의 얼굴이 새빨개지고 두 눈이 튀어나올 듯하며 입에서 침이 질질 흐르는데도 쿠로카미는 그런 것을 아예 모르는 듯이 묵묵히 앞만 보며 운전을 하고 있었다.

펙!

"흑!"

그때 카류우가 움켜쥐고 있던 하나요메의 왼쪽 유방이 풍선 터지는 소리를 내며 터지면서 피가 확 튀었다.

그러나 하나요메는 입술을 깨물면서 더욱 독한 표정을 지었다. 그녀의 머리카락이 카류우의 목을 죄어 손목 굵기까지 파고들었다.

"끄으으."

카류우는 온몸을 바들바들 떨면서 두 눈에서 눈동자가 사라졌다.

"그만해라, 하나요메."

쿠로카미가 쳐다보지 않은 채 중얼거렸다.

하나요메는 입술을 세게 깨물었다가 스르르 머리카락을 거두었다.

"캑캑캑."

카류우는 뒷자리에 벌렁 자빠져서 두 손으로 목을 붙잡고 헐떡거렸다.

슥.

쿠로카미가 손을 뻗어 짓이겨진 하나요메의 왼쪽 유방에

손바닥을 펼쳐서 부드럽게 움켜잡듯이 덮었다.

스으으.

그러더니 잠시 후에 그녀의 터진 유방이 원래의 탐스러운 유방으로 다시 복원되었다.

하나요메의 블라우스에는 피가 얼룩졌으나 그것까지는 쿠로카미도 어쩔 수가 없다.

선두 체어맨이 도천삼거리에서 35번 국도로 올라탔다. 그곳에서 왼쪽에 운곡천을 끼고 달리다가 명호면 시내가 나오자 오른쪽으로 크게 회전을 시작했다.

운곡천이 낙동강 최상류와 합류하는 지점에서부터 5㎞ 정도 낙동강을 왼쪽에 끼고 직선도로가 뻗어 있다.

꼬불꼬불한 산악도로만 달리다가 직선도로가 나오자 체어맨이 속력을 내기 시작했다.

뒤따르는 두 대의 벤츠 승합차도 일정한 거리를 유지한 상태에서 속력을 높였다.

명호면을 뒤로 두고 체어맨은 탁 트인 직선도로를 시속 100㎞의 속도로 질주했다.

두 대의 F—15K 슬램이글은 안동 방향에서 명호면을 향해 35번 국도 위를 저공비행으로 날아가고 있다.

불과 몇 초 만에 두 대의 F—15K는 35번 국도 일명 청량로

고계삼거리에 이르렀다.

미국 레이온사의 AN/APG—63(V)1 레이더에 인공위성에서 전송해 준 목표물이 나타났다.

선두의 F—15K 조종사가 발사 버튼을 누르자 양쪽 날개 공기흡입구 아래에서 메버릭(Maverick) AGM—65 공대지미사일 두 기가 동시에 발사되었다.

뒤따르는 F—15K도 한 발의 메버릭AGM—65 공대지미사일을 발사한 직후 거의 수직으로 상승했다.

연달아는 신기한 듯이 벽걸이 TV 화면을 지켜보았다.

"어떻게 저들의 일거수일투족을 하나도 놓치지 않고 완벽하게 볼 수 있는 것이지?"

TV 화면에는 명호면을 지난 체어맨과 두 대의 벤츠 승합차가 직선도로를 달리고 있는 광경이 나타나 있었다.

고방아는 맥주를 한 모금 마시고 나서 설명했다.

"나도 정토 형님이 인공위성까지 동원할 줄은 예상하지 못했어. 저건 지구 대기권 밖 우주상공에 띄워놓은 인공위성에서 촬영하고 있는 거야."

"인공위성? 사람이 우주에서 살 수가 있느냐?"

"사람은 타고 있지 않아. 무인인공위성이거든."

고방아는 탁자의 리모컨을 집어 들어 TV를 가리켰다.

"이 리모컨으로 TV를 조작한다는 것은 알고 있지."

"그래."

"그런 원리야. 지상에서 우주에 떠 있는 무인인공위성을 조작해서 지상의 사진을 찍는 거야."

연달아는 감탄을 금치 못했다.

"과학이란 정말 대단하구나."

그때 이어폰을 꽂고 있는 조형구가 연달아와 고방아에게 보고했다.

"공격을 개시했다고 합니다."

고방아는 TV 화면을 보며 의아한 표정을 지었다.

"어디? 아무렇지도 않은데?"

TV 화면의 체어맨과 두 대의 승합차는 직선도로를 일렬로 달리고 있었다.

콰콰콰아아—

두 대의 F—15K 슬램이글이 미사일을 발사한 후 초음속으로 상승하면서 체어맨과 두 대의 승합차 위를 지나가고 난 다음에야 고막을 찢는 듯한 굉음이 터졌다.

일본에서나 한국에서 하늘에 항공기가 비행하는 일은 흔한 일이다.

일본자위대의 전투기가 훈련 비행을 하는 것보다도 대한

민국 공군의 훈련 비행 횟수가 훨씬 더 많다는 것도 잘 알려져 있는 사실이다.

카류우가 아직도 목이 아픈지 목을 쓰다듬으면서 뒤창문 밖을 내다보며 중얼거렸다.

"오가는 차가 한 대도 보이지 않는구나."

"……!"

그 말에 하나요메는 흠칫했다. 그러고 보니까 조금 전부터 마주 오는 차가 한 대도 없었다. 아마도 직선도로에 들어서고 난 이후부터였을 것이다.

밤인데다 시골길이라고는 하지만 아직 밤 9시도 되지 않은 시간에 차가 한 대도 다니지 않는다는 것은 조금 의심해 볼 만한 일이다.

하나요메는 상체를 조금 숙이고 앞창을 통해서 전방을 쳐다보았다.

빠른 속도로 달리고 있는 체어맨의 상향등 불빛만 전방을 환하게 비추고 있을 뿐 여전히 마주 오는 차는 한 대도 보이지 않았다.

'이상해.'

이상하게 생각하는 사람은 그녀뿐이다. 정작 그 말을 한 카류우나 쿠로카미는 무덤덤했다.

"라이트 꺼봐."

하나요메는 상체를 조금 더 앞으로 숙이면서 눈을 크게 뜬 채 깜빡이지 않고 주시하며 말했다.

쿠로카미가 상향등을 끄자 전방이 캄캄해졌다. 뒤쪽의 승합차에서 비추는 라이트는 체어맨의 양쪽을 스쳐 나가 전방의 양쪽을 밝혔다.

하나요메는 마주 오는 차가 한 대도 없다는 사실이 자꾸 신경이 쓰였다.

그때 전방에 반짝이는 불빛이 흐릿하게 보였다. 하나요메는 그것이 차의 불빛이라고 여겼다. 불빛은 위에서 아래 이쪽을 향하고 있는데, 앞쪽의 길이 언덕길이기 때문에 그럴 것이라고 생각했다.

불빛은 하나가 아니었다. 도합 세 개다. 드문드문 일렬로 마주 오고 있다.

그걸 보고 하나요메는 마음이 놓였다. 그녀를 불안하게 만들었던 최악의 시나리오는 아니라는 생각에서다.

"……!"

그런데 다가오고 있는 불빛이 너무 빠르다. 그녀가 안심을 하고 눈을 두어 번 깜빡이는 사이에 수십 미터 전방까지 도달하고 있었다.

세상에 저렇게 빠른 차는 없다. 더구나 앞쪽이 높은 언덕길이라서 불빛이 위에서 아래로 흐른다고 생각했는데 길은 계속 평탄했다.

한 번 더 눈을 깜빡이는 사이에 불빛은 더 가까이 다가왔다. 아니, 쏘아왔다.

'미사일!'

하나요메는 그것을 확인하고 속으로 부르짖었지만 쿠로카미나 카류우에게는 미처 알릴 여유가 없었다.

그녀는 다급하게 왼손으로는 안전벨트 버튼을 누르고 오른손으로는 조수석 쪽 문의 도어락을 해제하며 문을 어깨로 밀었다. 그러면서도 눈은 전방에서 떼지 않았다.

"으왓!"

그제야 쿠로카미가 미사일을 알아보고는 혼비백산하며 비명을 터뜨렸다.

그 순간 첫 번째 메버릭AGM-65 공대지미사일이 체어맨을 정통으로 적중시켰다.

번쩍!

미사일이 앞창을 뚫고 쑤셔 박히는 순간 눈부신 섬광이 일었다.

꽈웅-!

그리고 체어맨이 산산조각나며 굉음을 터뜨렸다. 엄청난 불길 속에서 하나요메와 쿠로카미, 카류우의 모습은 아예 보이지도 않았다.

그리고 두 번째 세 번째 메버릭AGM—65 공대지미사일이
섬광에 휩싸인 체어맨을 지나 뒤쪽으로 날아갔다.
　꽈꽝!
　두 대의 승합차는 빛덩어리가 되어 둥실 허공으로 떠올랐
다.

　“와아—! 굉장해!”
　TV 화면을 보던 아랑이 손뼉을 치고 발을 동동 구르면서
환호성을 터뜨렸다.
　TV 화면에는 세 대의 차량이 불길에 휩싸여 있는 광경이
선명하게 보였다.
　“미사일이었어?”
　고방아도 놀란 듯 눈을 크게 떴다.
　조형구가 TV 화면을 보면서 설명했다.
　“경북 예천의 제16전투비행단에서 두 대의 전폭기 F—15K
슬램이글이 출격해서 미사일을 발사했습니다.”
　“전폭기? 어떻게 그럴 수가 있는 거지?”
　“제16전투비행단 단장 김호용 준장은 다물의 부요원입니
다. 외부공격팀의 일원이지요.”
　고방아는 땀이 나는 것을 느꼈다.
　“아… 하하… 전투비행단장이 다물의 부요원이라고? 정요

원도 아니고? 이것 참 하하하.”

이제 TV 화면에는 도로 오른쪽 산에서 내려온 무장한 전투복 차림의 사내들과 왼쪽 강에서 올라온 똑같은 복장의 사내들 20여 명이 형체조차 알아볼 수 없을 정도로 짓이겨진 채 불타고 있는 세 대의 차량을 향해 무차별 기관단총을 갈겨대고 있는 광경이 나오고 있었다.

“공격팀이 저기에서 대기하고 있었던 거로군?”

“그렇습니다. 하지만 저곳에서 실패했을 경우를 대비하여 수색공격팀이 대기하고 있습니다.”

고방아와 조형구의 대화를 들으면서 아랑이 고개를 살래살래 가로저었다.

“언니, 저런 상황에서는 귀신이라고 해도 살아날 수 없을 것 같아.”

“그럴 거 같구나.”

현장 상황에 대해서 실시간으로 보고받고 있는 조형구가 입을 열었다.

“시체를 확인하는 것은 불가능하다고 합니다.”

“그렇겠지. 미사일을 정통으로 맞았으니 통구이가 아니라 아예 재가 돼버렸을 거야. 쯧쯧쯧.”

“이제 수색공격팀이 주변을 샅샅이 뒤질 것입니다. 만에 하나 도주한 자가 있을지도 모르기 때문입니다.”

“철저하군.”

웬만한 일로는 눈도 깜짝하지 않는 고방아마저도 다물의 외부공격팀에게는 혀를 내두를 수밖에 없었다.

제42장

생존자

R U N N E R
런너

"나는 방아 네가 지금보다 더 강해지기를 바란다."

연달아의 말에 고방아는 씁쓸한 표정을 지었다.

"그건 내가 훨씬 더 원하고 있어."

장철환과 조형구, 하은중은 물러갔다. 아니, 이곳에 보이지 않을 뿐이지 그들은 암중에서 부하들을 지휘하여 호위에 만전을 기하고 있을 것이다.

아랑은 맥주를 홀짝거리다가 연달아의 허벅지를 베고 잠이 들었고, 그의 오른쪽에 앉은 고방아는 들고 있던 캔맥주를 탁자에 내려놓았다.

"나는 짐이 되는 것이 싫어. 그런데 상황은 점점 더 내가 짐이 되어가고 있는 것 같아."

연달아는 고개를 가로저었다.

"그렇지는 않다. 너는 여황이다. 나를 비롯한 모두가 너를 호위하는 것은 의무이고 임무다."

그는 아랑의 머리를 쓰다듬으며 진지하게 말했다.

"하지만 나는 위급한 상황에 처했을 때 네가 스스로를 지키기를 바라는 것이다."

고방아는 연달아의 말을 십분 이해하고 또 수긍했다. 싸움이란 권총 등 무기로 싸울 때가 있고, 그렇지 않을 때가 있는데, 후자인 경우가 더 많다.

연달아는 아랑을 쓰다듬던 손을 멈추고 진지한 표정으로 고방아를 쳐다보았다.

"내가 너를 강하게 만들어보고 싶은데 내 말에 따라주겠느냐?"

"물론이야."

고방아는 힘껏 고개를 끄덕였다.

연달아는 아랑을 안고 침실로 들어가 침대에 눕히고 다시 거실로 나왔다.

그리고는 한쪽에 치워두었던 자신의 환두대도를 갖고 와서 탁자에 내려놓고 소파에 앉았다.

고방아는 그의 곁에 앉아 자못 긴장하여 유심히 지켜보았다.

스응.

연달아는 경건한 동작으로 천천히 환두대도를 뽑았다.

환두대도는 칼날의 길이가 90㎝ 정도, 손잡이가 25㎝, 도합 1미터 15㎝ 길이다.

손잡이는 황금으로 이루어졌으며, 두 마리 용이 칭칭 감고 있는 형상이고, 끝의 둥근 고리 안에는 황금빛 삼족오가 고고한 모습으로 앉아 있는 형상이다.

고방아는 평소에 연달아가 환두대도를 얼마나 아끼는지 잘 알고 있다. 그는 틈만 나면 환두대도를 손질하고 손수 칼날을 숫돌에 갈고 벼렸다.

그래서인지 환두대도는 먼지 한 점 묻어 있지 않았으며 푸르스름한 칼날은 그 무엇이라도 벨 수 있을 것 같았다.

"옷을 모두 벗어라."

"옷을?"

고방아는 깜짝 놀랐다. 그녀는 연달아가 장난을 치는 성격이 아니라는 것을 알지만, 그래도 혹시 장난이 아닐까 싶어서 그의 표정을 살폈다. 하지만 그의 얼굴은 지나칠 정도로 진지했다.

"어… 쩌려는 건데?"

“환두대도를 네 몸속에 넣어주겠다.”

연달아는 환두대도를 주시하며 차분하게 말했다. 하지만 그 말을 들은 고방아는 연달아처럼 차분할 수가 없었다. 칼을 몸속에 집어넣겠다는데 어떻게 차분할 수 있겠는가. 아니, 말이 넣어주는 것이지 그건 찌르는 것이 아닌가.

고방아를 강하게 만들어주고 싶다는 좋은 의도로 시작된 일이지만 그녀는 그걸 잊고 발끈해서 벌떡 일어섰다.

“나를 죽이겠다는 거야?”

“죽이든 살리든 나한테 맡길 수 없겠느냐?”

“……”

연달아가 여전히 요지부동 꼿꼿하게 앉은 채 환두대도를 쓰다듬으며 말하자 고방아는 말문이 막혀 버렸다.

고방아는 그가 절대로 장난을 하는 게 아니라는 사실을 깨달았다. 아니, 진지하다 못해서 심각할 정도다.

“여기에 전능을 불어넣을 것이다.”

“칼에 전능을?”

“이건 칼이 아니라 고구려와 나의 혼이 깃들어 있는 환두대도다.”

“그래, 환두대도.”

고방아는 그가 너무 심각해서 어깃장을 놓는 것은 꿈도 꾸지 못했다.

"여태까지 전능은 내가 마음먹은 대로 따라주었다. 그래서 나는 환두대도에 전능과 나의 의지를 함께 불어넣으려는 것이다."

"어떤 의진데?"

슥—

연달아는 환두대도를 두 손으로 잡고 수직으로 세웠다. 그의 표정은 너무도 엄숙했다.

"베지 못하는 것이 없으며, 보이되 보이지 않고, 갖되 갖지 않으면서, 몸과 하나가 되는 신검합일(身劍合一)의 검. 전능자지검(全能者之劍)이다."

"푸핫!"

고방아는 연달아의 엄숙함과는 달리 그의 마지막 말 때문에 웃음이 터지는 것을 급히 손으로 틀어막았다.

그가 방금 말한 검이라면 필경 신검(神劍) 중에서도 신검이라고 할 수 있다.

하지만 '전능자지검' 이라는 이름이 너무 웃겼다. 그 한자를 풀이하면 단순하게 '전능자의 검' 이라는 뜻이다.

그런데 그것을 '전능자' 라고 읽은 다음에 짧게 끊고 '지검' 이라고 부르면 괜찮은데, '전능' 이라 하고 잠깐 쉰 다음에 '자지검' 이라고 붙여서 부르면 무지하게 웃기는 이름이 돼버린다. 말하자면, '전능한 자지검' 이라는 뜻이다.

하지만 연달아는 '자지'라는 말을 모른다. 고구려 시대에는 그런 말이 없었다.

조선시대 유학자 이황이 설파하기를, 여자의 옥문(玉門)은 걸어다닐 때 감추어진다고 해서 걸음 보(步)에 감출 장(藏), 갈 지(之), 세 글자로 '보장지'이고, 남자의 남근(男根)은 앉아 있을 때 감추어진다고 해서 앉을 좌(座), 감출 장(藏), 갈 지(之), 세 글자로 '좌장지'라고 했다.

그것이 말하기 쉽도록 어려운 글자인 '장'을 빼고 여자의 것은 '보지' 남자의 것은 '좌지'라고 부르게 되었는데, 세월이 흐르면서 남자의 것은 발음이 어려운 '좌'가 부르기 쉬운 '자'로 변형이 되어 '자지'가 되었다고 한다.

…라고 고방아는 알고 있다. 그러니까 연달아는 절대 '전능자지검'이 왜 우스운 이름인지 알지 못할 것이다.

척!

연달아는 환두대도를 쥐고 일어나 장승처럼 우뚝 서서 앞으로 쭉 뻗으며 엄숙하게 말했다.

"이 전능자지검을 너의 몸에 찔러주겠다."

고방아는 심장이 목구멍으로 넘어오고 눈알이 뽑혀질 정도로 웃음이 터지려는 것을 간신히 참고서 시그자우어를 뽑아 연달아 머리에 들이대고 눈을 부라렸다.

"그만해 응? 한 번만 더 하면 내가 웃다가 죽든지 네가 총에 맞아서 죽든지 무슨 일이 나고 말 거야! 알았어?"

연달아는 의아한 표정을 지었다.

"왜 그러느냐? 전능자지검에 찔리는 것이 아플까 봐 그러는 것이냐? 걱정하지 마라. 살살 해줄 테니까."

"이… 이게 그래도… 푸카카카카!"

결국 고방아는 바닥에 쓰러져서 데굴데굴 구르며 숨이 넘어가도록 웃어대는 방법을 선택했다.

연달아는 환두대도를 탁자에 놓고 자신은 소파에 꼿꼿한 자세로 앉아서 전능과 의지를 일으켜 환두대도에 주입했다.

그러는데 걸린 시간이 30분이다. 그래서 마침내 환두대도가 전능한 자지검이, 아니, 전능자지검이 되었다.

이제는 그것을 아프지 않게 고방아에게 찔러 넣는 일만 남았다.

이것은 경건하고 엄숙한 일, 아니, 의식 같은 것인데도 고방아는 자꾸만 이상한 잡념이 들었다.

그녀는 원룸에서 연달아가 있을 때에도 자신이 능동적이 되어 옷을 훌훌 벗을 때는 아무렇지도 않았었는데, 지금은 그의 앞에서 옷을 벗는 것이 이상하게 너무도 부끄러웠다.

　그런데 그녀가 브래지어와 팬티까지 다 벗고 완전히 전라
의 몸이 될 때까지도 연달아는 그녀에게 눈길 한 번 주지 않
고 있었다.

　그는 전능자지검에 제대로 전능과 의지가 주입되었는지
확인하느라 여념없는 모습이다.

　“자… 시작하자.”

　이윽고 연달아가 전능자지검을 들고 일어섰다. 그리고 고
방아를 향해 돌아서다가 움찔 몸이 굳으며 조금 놀라는 표정
을 지었다.

　고방아는 연달아가 쳐다보자 깜짝 놀라며 자신도 모르게
두 손으로 가슴과 아랫도리를 가렸다.

　그 모습은 마치 조개에서 태어나는 비너스의 모습처럼 신
비하고 또 아름다웠다.

　그녀의 눈부신 나신을 바라보는 연달아의 눈빛이 물결처
럼 일렁였고 얼굴에는 그리움 같은 것이 노을처럼 번졌다.

　그가 가연공주 고방아하고 신혼을 보냈던 오골성에서의
추억이 바로 어제 있었던 일처럼 새록새록 되살아났다.

　“가연공주…….”

　부끄러워서 어쩔 줄을 모르던 고방아는 연달아의 그 중얼
거림에 비로소 본래 모습을 되찾았다.

　“정신 차려. 난 고방아야.”

그러면서 그녀는 언제나 씩씩하고 당당한 고방아답게 가리고 있던 두 손을 치웠다.

"이제 어떻게 하면 되지?"

연달아는 고개를 끄덕이며 바닥을 가리켰다.

"무릎을 꿇고 앉아라."

고방아는 시키는 대로 바닥에 무릎을 꿇고 상체를 곧추세우고 꼿꼿한 자세를 취했다.

연달아는 그녀의 뒤에 무릎을 꿇고 그녀의 목과 어깨 부위를 손으로 누르고 쓰다듬으면서 세밀하게 살폈다. 이어서 그의 손길이 등줄기로 내려가더니 치켜세우고 있는 궁둥이를 어루만졌다.

그는 한손으로 고방아의 궁둥이 꼬리뼈를 더듬으면서 눈으로는 다른 손에 쥐고 있는 전능자지검의 길이를 살폈다.

"음. 칼이 조금 긴 것 같구나. 찔러 넣을 때 줄여야겠군."

꼬리뼈 바로 아래가 항문이다. 그래서 고방아는 전능자지검을 항문에 찔러 넣는 줄 알고는 기겁을 해서 후드득 몸을 떨었다.

"전능자지검 거기다 넣을 거야?"

"어디?"

"항문."

"아니다."

슥—

연달아는 손을 뻗어 고방아의 목덜미 위쪽을 어루만지면서 등줄기를 따라 곧게 훑어 내리다가 꼬리뼈 아래 계곡에 손가락을 넣었다.

"목덜미에 찌를 것이다. 그러면 그 끝이 여기까지 이를 텐데, 그래서 조금 줄이려는 것이다. 몸의 구조상 허리까지 내려와야만 한다."

"음……."

고방아가 신음을 토하고서 뭐라고 말하려는데 연달아가 그녀의 항문에 댔던 손가락을 뗐다.

그래서 그녀는 할 말이 없어졌다. 항문에 댄 손가락을 치워달라고 말하려던 것이었다.

"시작한다."

고방아는 연달아의 손가락이 닿았던 항문에서 찌르르한 전율이 온몸으로 퍼지는 것을 느끼고 있다가 꿀꺽 마른침을 삼켰다.

"처음에는 조금 아플 것이다."

연달아는 고방아 뒤에 똑바로 우뚝 서서 전능자지검을 두 손으로 거꾸로 잡아 칼끝이 아래를 향하도록 하고 엄숙한 어조로 말했다.

"무조건 믿어."

고방아는 짧게 말하고는 천천히 스르르 눈을 감았다. 기이하게도 방금 전까지만 해도 불안하고 무서웠는데 지금은 매우 편안했다.

'왜 그런 거지?'

하고 생각하던 그녀는 방금 전에 연달아가 손가락으로 항문을 만진 직후부터인가, 라고 생각하다가 고개를 흔들었다.

'미친……'

연달아는 눈을 부릅뜨고 고방아의 목덜미를 쏘아보았다. 만약 전능자지검을 그녀의 목덜미에 찔러 넣을 때 그의 의지대로 전능자지검이 무형화(無形化) 되어주지 않는다면 그녀는 크게 다치게 될 것이다.

하지만 이제 와서 그만두고 싶지는 않다. 이것이 성공한다면 그녀는 지금하고는 비교도 할 수 없을 정도로 강해질 테니까 말이다.

슥.

칼끝이 목덜미에 닿자 싸늘한 감촉이 전기처럼 고방아의 온몸으로 퍼졌다.

춧.

그 순간 목덜미가 뜨끔했다. 그녀는 전능자지검이 목덜미를 찌른 것이라고 생각했다.

스우.

연달아는 천천히 전능자지검을 그녀의 목덜미 아래로 찔러 넣었다.

'아아······.'

고방아는 처음에 찔림을 당할 때만 뜨끔했고 이후부터는 아픔을 느끼지 못했다.

그 대신 펄펄 끓는 뜨거운 물이 목덜미 속으로 쏟아져 들어오는 듯한 느낌을 받았다.

뜨거움은 천천히 등줄기를 타고 내려오더니 꼬리뼈 위 허리 부위에서 멈추었다.

연달아는 손잡이 부분만 남자 더욱 눈을 부릅뜨고 두 손으로 최대한 많은 전능과 의지를 쏟아냈다.

사아.

그리고 다음 순간 전능자지검의 손잡이 부분, 즉 환두가 씻은 듯이 사라져 버렸다.

하지만 그것이 끝이 아니다. 그는 고방아의 목덜미 부위에서부터 전능과 의지를 가득 담은 두 손으로 쓰다듬으면서 아래로 훑어 내리기 시작했다.

그의 얼굴에서 송알송알 굵은 땀방울이 뚝뚝 흘러내렸다.

그러자 고방아는 목덜미에서부터 허리에 이르기까지 느껴

지던 뜨거움이 점차 사라지는 것을 느꼈다.

"후우……."

이윽고 연달아는 긴 한숨을 토해내며 그녀 옆에 무릎을 꿇고 앉았다.

"끝났어?"

고방아는 움직이지 않은 채 눈동자만 굴려서 뒤에 있는 그를 보려고 애쓰며 물었다.

"이제 바닥에 천장을 보고 똑바로 누워라."

고방아는 마지막 단계가 남았다고 생각하며 시키는 대로 바닥에 똑바로 누웠다.

자신의 나신 앞면을 고스란히 보여주는 것이지만 이제는 더 이상 부끄럽지 않았다. 이것은 고결하고도 엄숙한 의식인 것이다.

"다리를 벌려라."

연달아의 목소리가 더욱 엄숙하게 들려서 그녀는 즉시 다리를 넓게, 아니, 활짝 벌렸다.

그리고 침묵이 흘렀다. 등줄기에서는 이제 뜨거움이 조금도 느껴지지 않았으며 그 안에 전능자지검이 들어갔다는 느낌조차 들지 않았다. 단지 한없이 편안할 뿐이다.

그런데 침묵이 길어지고 연달아가 아무것도 하지 않는 것 같자 그녀는 조심스럽게 눈을 떴다.

그 순간 그녀는 눈을 커다랗게 떴다. 연달아가 그녀의 은밀한 부위를 뚫어지게 주시하면서 묘한 표정을 짓고 있는 것을 발견했기 때문이다.

"뭐… 하는 거야?"

"방아야."

"응?"

"우리 한 번 할까?"

누워 있는 고방아의 발길질이 연달아의 턱을 호되게 올려차버렸다.

"뒈질래?"

뻐걱!

"캑!"

신시그룹 백암연수원 9층 VIP룸 침실에는 두 개의 더블침대가 나란히 놓여 있다.

침대 하나에는 고방아가 복판에 네 활개를 펴고 떡하니 누워 있고, 다른 하나에는 연달아와 아랑이 자고 있다.

누가 생각해도 고방아와 아랑이 함께 자고 연달아 혼자 자야 상식적인데, 고방아는 혼자 자겠다면서 더블침대 하나를 통째로 차지하고 눕더니 이내 잠이 들어버렸다.

연달아는 똑바로 누워서 자고 아랑은 그의 어깨를 베개 삼아서 그에게 안긴 채 자고 있다.

고방아나 연달아, 아랑 모두 푹신하고 고급스러운 비단이 불을 덮고 있다.

연달아는 이상한 느낌에 잠이 깼으나 눈을 뜨지는 않았다. 이상한 느낌이라는 것은 아랑이 그의 잠옷 바지 속에 손을 넣어 성기를 만지작거리고 있는 것이기 때문이다.

그의 성기가 원래부터 스스로 커졌는지, 아랑이 만져서 커졌는지는 모를 일이다.

"랑아."

그는 옆으로 누운 채 자신에게 폭 안겨서 자고 있는 아랑을 조용히 불렀다.

그런데 대답이 없다. 자고 있는 듯했다. 그런데 자면서 그의 성기를 만지다니 좋지 않은 손버릇이다.

그는 아랑의 손을 빼낸 후에 다시 잠이 들었다.

얼마쯤 지났을 때 그는 다시 잠이 깼다. 아랑이 또 그의 성기를 만지고 있기 때문이었다.

역시 그의 성기는 단단해져 있었고, 아랑은 그걸 꼭 붙잡은 채 이따금 조금씩 만지작거렸다.

연달아는 아랑의 손을 빼내고 다시 잠이 들었으나 얼마 있다가 또 그녀의 손이 잠옷 속에서 성기를 만지고 있는 것을 느끼고 잠이 깼다.

그는 죽었다 깨도 모를 것이다. 아랑이 그의 크고 굵은 성기에 익숙해지려고 잠결에서조차 부단히 노력하고 있다는 사실을 말이다.

'이 녀석을……'

연달아는 어떻게 할까 잠시 생각하다가 어느덧 잠이 들어버렸다.

*　　　*　　　*

새벽 4시 30분.

백암산 북동쪽 줄기 울창한 숲을 무언가 흐릿한 물체가 달리고 있다.

어둠 속에서 나무와 나무 사이를 요리조리 피하면서 커다란 바위를 단숨에 훌쩍 뛰어, 아니, 날아서 넘으며 한 마리 표범처럼 달리고 있는 것은 짐승이 아니었다.

휘익! 획! 사사삭.

조용한 숲 속을 잔잔하게 흔드는 것은 흐릿한 물체가 달리면서 내는 바람 소리였다.

그것은 사람이었다. 그리고 여자다. 호리호리하고 가녀린 체구의 여자다.

달릴 때 칠흑처럼 검고 긴 머리카락이 바람에 흩날리고 있다. 입고 있는 아이보리색의 블라우스는 거의 다 찢어지고 단추가 다 뜯어졌으며 양쪽 소매는 어깨에서 통째로 뜯겨 나갔다.

브래지어도 어디로 갔는지 보이지 않았다. 달릴 때마다, 그리고 몸이 흔들릴 때마다 희고 뽀얀 풍만한 젖가슴이 심하게 출렁였다.

처음에는 미니스커트를 입었는 듯한데 지금은 걸레처럼 너덜너덜했고 그 안에 팬티는 사타구니 부위가 다 찢어져서 입지 않은 것만 못했다.

그 여자는 온몸에서 철철 피를 흘리고 얼굴도 피투성이 모습인데 그 속에서 이글거리는 눈빛은 몹시 아름다웠다. 그것은 묵인자의 가디언 하나요메의 눈이었다.

"흐으으. 죽여 버리겠다. 모조리……."

그녀는 미사일에 체어맨이 산산조각났던 명호면에서 이곳까지 70km를 그것도 순전히 험준한 산길로만 한시도 쉬지 않고 달려오고 있는 중이다.

그녀는 구사일생으로 목숨을 건졌다. 미사일을 육안으로 발견했을 때 그녀는 양손으로 안전벨트를 풀고 조수석 쪽의 문을 열려고 했었다.

하지만 늦었다. 그래서는 즉사하고 만다. 그렇게 판단한 그녀는 순간적으로 두 가지 능력을 발휘했다.

시차조작과 공간이동이다. 시차조작은 말 그대로 시간을 조금 앞당기거나 늦추는 것이다.

그녀가 발휘할 수 있는 시차조작의 한계는 길어야 2초에 불과하다.

짧은 것 같지만 2초면 많은 것을 할 수 있는 시간이기도 하다. 그리고 그 2초가 하나요메의 목숨 절반을 살렸다.

그리고 나머지 절반의 목숨을 살려준 것이 공간이동이다. 그녀는 시차조작으로 미사일이 체어맨에 적중되는 순간을 2초 늦췄고, 공간이동을 발휘하여 차 밖으로 튀어나갔다.

하지만 미사일의 엄청난 위력의 범위를 벗어나야 하기 때문에 연속적으로 세 번이나 공간이동을 해야만 했다.

그녀의 공간이동 범위는 최대 5미터다. 그리고 연속적으로 두 번밖에 발휘하지 못한다. 그런데도 그녀는 죽을힘을 다해서 세 번 전개했고, 그래서 미사일의 적중지점에서 15미터 밖으로 벗어날 수 있었다.

그렇지만 허공에 떠 있던 그녀는 미사일의 폭발로 인해서 가랑잎처럼 숲으로 50여 미터나 날려갔으며, 우거진 덩굴 속으로 떨어져 그 자리에서 정신을 잃었다.

30분쯤 후에 그녀가 깨어났을 때는 모든 것이 종료된 상황이었다.

체어맨과 두 대의 승합차가 미사일에 의해서 폭발했던 곳
에는 거짓말처럼 아무것도 남아 있지 않았다.

만약 아스팔트에 움푹 파인 구덩이 세 개를 발견하지 못했
더라면 하나요메는 그곳이 폭발 장소가 아니었다고 생각했을
것이다.

어쨌든 그녀는 생존했다. 그 이후 그녀는 죽을힘을 다해서
백암온천을 향해 오로지 숲으로만 달려왔다.

도로를 따라가거나 다른 차를 뺏어서 타고 가다가는 알지
못할 또 다른 공격을 받게 될지 모르기 때문이었다.

그리고 그녀의 행동은 옳았다. 만약 도로를 따라왔든가, 차
를 타고 왔다면 그녀는 제2의 공격을 받아 이곳까지 오지 못
했을 것이다.

“하아… 하아…….”

이윽고 그녀는 어느 산등성이에서 달리는 것을 멈추고 저
만치 산 아래를 굽어보았다.

거칠게 숨을 몰아쉴 때마다 겉으로 드러난 두 개의 커다란
유방이 출렁이면서 오르락거렸다.

“헉헉헉. 저기다.”

그녀의 시선이 멈춘 곳에는 산기슭에 웅장하고 흰 건물이
웅크리고 있었다.

그리고 건물의 옥상에는 커다란 간판이 세워져 있는데 거기에는 '신시그룹 백암연수원'이라고 큰 글씨로 선명하게 적혀 있었다.

『런너』 제5권에 계속…

Dynamic island on-line
DIO
박건 게임 판타지 소설
디오

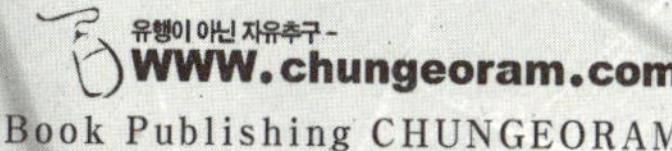

유행이 아닌 자유추구 -
WWW. chungeoram.com
Book Publishing CHUNGEORAM

매은 新무협 판타지 소설

"살아라… 살아야 이기는 것이니라."

알 수 없는 스승의 유언.
그 후로… 그저 살아야만 했던 남자, 이극.

서신 하나 없이 사라진 오라버니를 찾아
홀로 무림맹에 대항하려는 소녀, 유서현.

어느 날.

두 사람이 운명으로 얽혔을 때,
메마른 무사의 혼이 다시금 불타오른다!

『창룡혼』

어둠으로 물든 하늘을 뚫고 솟아오를
위대한 창룡의 혼이여!
위선을 찢어발기고 천하를 밝히리라!

斷月劍帝

단월검제

강태훈 新무협 판타지 소설

> "나 좀 도와주면
> 내가 제자가 되어줄게."

당돌한 제자 상천과 그저 그런 사부 종삼의 황당한 만남!

철석같이 신검이라 믿고 익힌 단월검을
진짜 신검으로 발전시킨 검제의 이야기!

**달조차 베어버릴
거대한 검의 신화가 열린다!**